Thomas Bachmann

Stuhl im Café Maître

Die Deutsche Bibliothek – CIP-Einheitsaufnahme
Bachmann, Thomas:
Stuhl im Café Maître / Thomas Bachmann. –
1. Aufl. – Bochum : drei-ECK-Verl., 1999
 ISBN 3-923161-96-4

1. Auflage 1999
© Thomas Bachmann
Alle Rechte vorbehalten
Umschlag: Steffi Kassler, Leipzig
ISBN 3-923161-96-4

Zu diesem Buch

Die Frage, ob es mehrere deutsche Literaturen gäbe, ist müßig geworden. Selbst zu Zeiten, als die im Osten und Westen unterschiedliche Art zu schreiben nicht nur Lektoren und Germanisten interessierte, war sie so unsinnig wie die nach österreichischer und schweizerischer oder portugiesischer und brasilianischer Literatur. Auch wenn in den lakonischen Geschichten, Miniaturen und Skizzen Thomas Bachmanns DDR-typische Produkte wie der notorische DKK der Kühlschrankwerke Scharfenstein oder das allgegenwärtige Spülmittel Fit vorkommen, ist dies nur Lokalkolorit einer Prosa, die im Gehalt über ihren Anlaß hinausgeht. Literatur braucht kein Land, sie braucht Sprache und Inhalte. „Alles ist voller Geschichten..." - so heißt es in *Brief von Ost- nach Westleipzig im Juni 99* (S. 33), wo es um zwei Freunde geht, die im Laufe eines Jahrzehnts ihren Platz in der Stadt finden. Dieser „Brief" ist exemplarisch: Im Mikrokosmos des Individuums wird der Makrokosmos von Stadt, Land und Welt sichtbar gemacht; Einzelschicksale und Einzelerscheinungen werden zu einem Gesamtgesellschafts- und Stimmungsbild gefügt, in allen Stücken dieses Bandes erfüllt ein unverwechselbares Fluidum den sozialen Raum und die Zeit, herrscht eine bestimmte Atmosphäre. In den variablen Genres der Kurzprosa findet Thomas Bachmann das literarische Medium, um unterschiedlichste Wirkungen bis hin zum Absurden zu erzielen.

Bachmanns Hauptthema ist die gegenwärtige Welt im Wandlungsprozeß. Seine Sicht wirkt realistisch, lebenserfahren, illusionslos und skeptisch, bisweilen ist sie auch ironisch und satirisch bis hin zum skurrilen Humor. Aber nicht nur die Ereignisse von 1989 und ihre regionalen, nationalen und internationalen Folgen werden dabei mit dem Blick und der

Empirie eines hellsichtigen Dabeigewesenen thematisiert und zu einem Feld intensiver Reflexionen gemacht; eine Vielzahl der Texte sind im besten Sinne zeitlos. Ihre Figuren sind im äußeren Erscheinungsbild und im inneren Wesen erfaßt und charakterisiert; überwiegend anonym und doch von unverwechselbarer Individualität. Man trifft auf Impressionen und Wirklichkeitsausschnitte als Momentaufnahmen, in denen Innenräume weit ausgedehnt werden. Charakteristisch sind auch Unbestimmtheitsstellen, die den Leser zu Fragen provozieren, wie zum Beispiel über das Geschick des verunglückten Kindes in der Erzählung *Licht* (S. 140). In solchen Geschichten wirken ausgeprägte Sensibilität für psychische Vorgänge und Stimmungen.

Die Themenvielfalt dieser Prosa ist reich und verblüffend: die Erlebniswelt der Kindheit (*Der Teich hinter den Garagen*, S. 105); das Leben in Neubaugebieten (*Wahrnehmung*, S. 58, *Die Nennung des Gespenstes*, S. 163); Konflikte als Folge von Veränderungen (*Morgen*, S. 28, *Nimm mich mit*, S. 143); Extremsituationen als Brüche im Normalen (*Der Wasserfall*, S. 42, *Die Mine*, S. 133) kommen ebenso vor wie poetische Landschaftsbeschreibungen (*Gerlachsruh*, S. 93, *Romantischer Versuch*, S. 130), selbstironische Betrachtungen (*Nur so etwas wie ein Film im März*, S. 19, *Die Wiese ist grün, latsch, latsch ...*, S. 120) oder Grotesken auf den Zeitgeist (*Das Kasperletheater*, S. 147, *Das UFO landet*, S. 155).

Und immer wieder Variationen eines Themas: Das Café, die Kneipe, Er und Sie, der einsame Gast, der seltsame Gast, die letzten Gäste, die Abschiedsstimmung, schließlich der *Stuhl im Café Maître* als titelgebende Geschichte (S. 67). Wer es liebt, auf einem solchen Stuhl Platz zu nehmen, wird auf den folgenden Seiten von dort aus beobachten können.

Hans Weil

Neunzehnhundertachtundachtzig

Leipzig. Hauptbahnhof, 7.45 Uhr, Mittwoch, Mitropa. Die Limonade ist gelb wie der Morgennebel draußen, der Tisch ist kahl wie der Bahnhof. Die Minuten tropfen zäh vor sich hin, Müdigkeit läßt die Hektik ringsum in Ferne rücken, das gleichmäßige Gemurmel schläfert trotz der Lautsprecheransagen ein.

In meiner Tischreihe, ein paar Meter entfernt, sitzt eine alte Frau und döst. Plötzlich steht sie auf und fängt an, die Tische abzuräumen, sortiert Teller, Gläser und Besteck und stapelt leise vor sich hinmurmelnd alles auf ihren Tisch. Kaum jemand wendet den Kopf. Langsam füllt sich die Platte. Dann kommt ein Angestellter, räumt ohne ein Wort zu verlieren alles auf seinen Wagen und verschwindet wieder. Die Frau stapelt weiter und ihr Tisch ist fast wieder voll, als ein Mann auf sie zu kommt. Ein Reisender; Stoppelhaare, blaß, mager, Rucksack. Er spricht die Frau an, dann lacht er, gestikuliert mit beiden Händen und ist einen Augenblick später wütend. Eine leichte Röte überzieht seine Wangen, was ihm nicht schlecht steht, dann schreit er.

Ob sie denn überhaupt hier angestellt wäre und was sie sich einbilde, einen leeren Tisch zu besetzen, und wenn hier nicht gleich Platz wäre, dann gehe er sich beschweren. Die Frau ist einen Augenblick verwirrt, dann schimpft sie zurück. Gäste werden aufmerksam, breites Grinsen zeigt sich hier und da. Der Mann geht und kommt mit dem Angestellten zurück. Der brüllt so, daß es jeder hören kann: »Verpiß dich alte Schachtel! Belästige die Leute nich! Setz dich hin oder hau ab!« Die Frau fuchtelt mit den Händen, setzt sie sich dann an ihren Tisch und plappert aufgeregt vor sich hin. Die Leute schauen interessiert zu. Ein paar Minuten später fängt sie wieder an aufzuräumen, doch ein dicker betrunkener Herr mit rosarotem Gesicht stellt sich ihr schwankend in den Weg, brüllt, breitet die Arme aus und macht: »Buh«. Die Frau weicht erschrocken zurück. Aus dem Grinsen der Leute wird schepperndes Lachen, Kinder üben sich im Gassenjargon, Damen zischen wie Schlangen. In der Mitropa wird es so laut, daß man fast die nächste Lautsprecheransage nicht versteht.

Leipzig. Hauptbahnhof, 8.10 Uhr, Mitropa. Draußen entfernt sich dröhnend eine Diesellok. Ich sitze und starre in meine gelbe Limonade. Nebenan räumt die Frau murmelnd Tische ab.

Glöckchen

Leise mag es keiner. Er mag es leise, wenn die Boxen dröhnen, wenn der Teppich vibriert und der Nachbar Krätze kriegt. Er stellt sich ans Fenster und hört seiner leisen Musik zu, bum bum bum, eine Scheibe muß ein bißchen locker sein, es schnarrt. Leise, was versteht sein Nachbar schon von leise, überhaupt, wer versteht schon was von leise. Auf den Baustellen kreischen Schleifmaschinen und auf Straßen brummen Brummis und die Vierklanghupe von dem Typen, der jeden Abend um die gleiche Zeit seiner Liebsten Bescheid hupt, alles ist leise. Nichts ist laut, keines von den Geräuschen ist laut. Alle tun nur so, als ob es laut wäre, damit sie besser schweigen können. Ist einfach, wenn man sich die Ohren zuhält. Wie Fische, Maul auf, Maul zu und ab und an mal eine Blase. Er steht am Fenster und starrt in den Hinterhof, rote Steine und ein paar Mülltonnen vor einer Mauer mit Landkarten. Irgendwo hat er Amerika entdeckt, so ähnlich jedenfalls, bum bum bum, Augen zu, ja, ich will nach

Amerika. Wenn du einsteigst, kommst du mit. Es ist heiß in Amerika, und Berge gibt's da auch. Man muß ja nicht in so eine Popelstadt fahren, San Francisco wäre gut. San Francisco liegt am Meer, da baden sie und rauchen was das Zeug hält und haben bunte Bänder im Haar. San Francisco wäre gut, nicht so, wie der Nachbar. Der spart sein Geld und träumt. Wenn er genug hat, dann will er. Aber der wird nie genug haben, so wie der redet, alter Hilfshippi. 'Are you going to San Francisco?' Kling, klang. Und dann ist er da und schweigt. Wenn der fährt, dann eben L.A.

Aber du kannst ruhig einsteigen; wenn du überlegst, steigst du nicht ein. Du steigst überhaupt nicht mehr ein, und du lernst Krach machen, damit du schweigen kannst. Und je lauter du bist, um so stiller bist du, wie ein Stummfilm, ekkige Bewegungen und der Klavierspieler hat auch keine Lust mehr. Da hört man nur noch das Rattern der Kinomaschine und das Schurren von Füßen. Die machen ein Fenster auf, in der Leinwand, und da kannst du durchgucken. Deine Augen flimmern, aber zu merken ist das nicht. Nur, wenn du rauskommst, bist du müde, steig lieber ein, kannst dir ja die Haare lang wachsen lassen und bunte Bänder reinfädeln, und es muß ja nicht San Francisco sein.

Und dann sitzen wir in einem rostigen Schlitten und fahren durch die Mauer, direkt hinein. Und wenn die Mülltonnen scheppernd beiseite fliegen, ist das gut so. Wenn wir durch sind, hören wir das nicht mehr, und der Nachbar guckt durch sein Fenster und ist neidisch, weil dafür seine Scheine nicht reichen.

Und dann sind wir auf so einer geraden Straße. Die Straße geht immer geradeaus, bis zum Horizont, und danach auch immer noch. Die Straße hört nicht auf gerade zu sein und ich halte das Lenkrad mit zwei Fingern und du machst den Vorschlag, es doch anzubinden und lieber zu vögeln. Du hast recht, schade um die schöne Zeit. Binden wir also das Lenkrad an und vögeln und auf das Gaspedal legen wir das Schweigen. Das reicht. Das ist schwer genug. Das ist so schwer, das treibt die Kiste bis an die Leistungsgrenze, und wenn der Motor schreit, erinnert uns das. Aber es stört nicht, ich liege unten und du reitest, da stört das nicht. Und wenn der Tank alle ist, klauen wir Benzin und schmeißen das Schweigen an den Straßenrand. Da ist es richtig, Sand und gelbes Gras, da versickert es. Es verschwindet einfach, nicht mal eine kahle Stelle wird bleiben und für das Pedal findet sich ein Ziegelstein, ein roter. Aber da sind wir schon fast am Meer und da rauschen die Wellen, und einer sitzt auf den Dünen und klingelt mit einem Glöckchen, und wenn der Nachbar nicht da ist, dann ist es San Francisco.

Claudia

Claudia steht mit einem Mann vor der Tür, die Freundin quirlt durch das Wohnzimmer, Matthias spielt mit seinem Freund Indianer auf dem Flur. In der Küche kocht das Gulasch. Sie ist etwas spät heute, ihre Große. Von der Tür hastet sie zur Küche, einen Augenblick bitte, der Mann schmunzelt und geht Claudia hinterher ins Wohnzimmer. In der Küche rührt sie das Gulasch, vom Flur klappern sich das Hüpfen und die Kriegsschreie an den mit Töpfen behangenen Wänden entlang bis zum Herd. Sie rührt und wartet darauf, daß die Kartoffeln zu kochen anfangen. Dann fällt ihr der Mann wieder ein und sie wundert sich, daß Claudia geklingelt hat. Steckte wieder der Schlüssel von innen? Manchmal hat sie das Spotten ihrer Dreizehnjährigen satt, aber es war bisher immer noch erträglich, jedenfalls bildet sie sich das ein. Jetzt kochen die Kartoffeln, und sie dreht das Gas zurück, das Gulasch nimmt sie vom Herd. Der Mann ist schon wenigstens fünf Minuten da und sie kommt sich unhöflich vor. Hoffentlich hat die Freundin ihm was zu trinken angeboten. Sie legt den Holzlöffel quer über den Kartoffeltopf und den Deckel darüber, zehn Minuten Zeit. ihre Große, hat sie was ausgefressen? Das fehlte gerade noch, wo sich sowieso alles überschlägt. Sie setzt sich neben den Herd und zündet sich eine Zigarette an. Tief inhaliert sie die ersten Züge, dann fällt ihr wieder der Mann ein, sie muß sich um ihn kümmern, er ist ein Gast. Hastig zieht sie noch ein paar Mal und schlängelt sich dann an den Indianern vorbei ins Wohnzimmer. Auf der Couch sitzen Claudia und der Mann. Die Freundin kommt ihr grinsend entgegen und sagt: »Na, dann werd' ich mal lieber gehen.« Verwundert blickt sie ihr in den Flur hinterher, bis sich die Tür von außen schließt. Die Treppenstufen knarren leise. Dann läßt sie sich in den Sessel vorm Glastisch sinken und denkt an die Kartoffeln, sie hat noch acht Minuten. Der Mann lächelt, und sie überlegt einen Augenblick, welches von den Fächern er wohl unterrichtet. Nach ein paar Sekunden beugt sie sich kurzentschlossen vor und schaut einen Augenblick auf ihre Tochter. Die scheint etwas verlegen und guckt auf die Glasplatte vor sich. Also doch etwas ausgefressen. Der Mann lächelt und rückt mit der linken Hand an seinem Schlips herum. Der sieht aus wie Mathe und Physik, stellt sie fest, etwas staubig schon, die Haare dünn, Bauchansatz. Sie wird nie begreifen, warum solche Typen Lehrer werden. Aber sie müssen über die Jahre eine Art Überlebensstrategie entwickeln, an der alle Schülergenerationen sich die Zähne ausbeißen. Der ist die nächsten zwanzig Jahre auch noch Lehrer, bestimmt Mathe und Physik. Der Mann lächelt immer noch, und sie findet, daß sie schon zu lange schweigt, gibt sich noch einen Ruck und schaltet auf unvermeidlich. »Also, machen wir es kurz und bündig. Was hat meine Tochter ausgefressen, und wie heißen Sie?«

»Fred, Fred Meier ist mein Name.« Der Mann rückt wieder mit der Linken an seinem Schlips umher und erhebt sich dabei etwas von der Couch. Sein Gesicht bekommt eine leichte Röte und sie staunt einen Augenblick.

»Also gut, Herr Meier. Was hat sie nun angestellt?«

Claudia guckt jetzt trotzig auf die Glasplatte. Fred Meier lächelt und rückt an seinem Schlips. Noch fünf Minuten, denkt sie und sieht dabei den Holzlöffel und den Deckel vor sich. Auf dem Flur hat das Indianergeschrei jetzt aufgehört, ihr Kleiner hat bestimmt Hunger.

»Claudia ist sicher eine gute Schülerin.«

»Es geht so«, erwidert sie. »Ist jetzt ein schwieriges Alter.«

»Ja, ja, das Alter«, lächelt der Mann. »Das ist natürlich schwierig.«

Sie schweigt und wartet und denkt, daß sie noch drei Minuten hat. Wenn dieser Lehrer doch nicht so langatmig wäre, jetzt rückt er schon wieder an seinem Schlips.

Claudia wirft plötzlich mit Schwung ihre Mähne auf den Rücken, steht auf und sagt: »Ich geh Hausaufgaben machen.« Herr Meier guckt einen Augenblick irritiert an ihr hoch.

»Schau doch gleich mal nach den Kartoffeln in der Küche!« Claudia verläßt stampfend den Raum. Die Tür knallt.

»So sind sie, die jungen Mädchen«, lächelt Herr Meier. Dann schaut ihr Kleiner herein: »Mami, wann gibt's denn Abendbrot?« »In fünf Minuten, mein Spatz.«

»Na, dann will ich nicht weiter stören.« Herr Meier erhebt sich. Sie guckt verblüfft an ihm hoch. »Sie sind sicher sehr gestreßt und eigentlich war es ja auch gar nicht so wichtig, ja. Einen schönen Abend noch.«

Der Fund

Braun ist sie gewesen und eingestaubt und lädiert, als hätte ein Auto sie ein Stück mitgeschleift, und eigentlich hatte er nur angehalten, weil sie so dick aussah. Er stieg also vom Fahrrad und lehnte es an einen Baum. Winzige unreife Äpfel hingen zwischen den Blättern und für ein paar Sekunden ließ er seinen Blick von der Höhe der Landstraße über die sanft gewellten Felder gleiten. Die Sonne stand hoch. Dann bückte er sich und dachte dabei an seinen Großvater, der ihm jetzt wohl lächelnd zugesehen hätte. Der konnte auch nichts liegen lassen, und im Schuppen in der hintersten Ecke des Hofs stapelte sich allerlei Gerümpel über die Jahre. ›Dat is allet noch wat wert, dat kann man allet noch benützen.‹ Als er starb, fuhren sie zwei Fuhren Schrott und der Schuppen wurde abgerissen. Und jetzt kann er selber nichts liegen sehen, obwohl er keinen Schuppen hat und Irmchen in ihrer kleinen Neubauwohnung keine Möle duldet, nicht die kleinste. Na und der Keller, der steht voll Eingewecktem, manches steht schon fünf Jahre da. All das schoß ihm durch den Kopf während er sich bückte und die Tasche aufhob. Alt und verschrumpelt und staubig hielt er sie in seinen Händen, sie hätte aus seiner Schulzeit stammen können. Als er die Verschlüsse aufklicken ließ, dachte er an Wertarbeit, so straff waren die Federn. Dann flatterten die Scheine auf die Straße, grüne und blaue und braune, und er sah verdattert hinterher. In der Tasche war nichts weiter, nur Scheine, seine Hand fuhr nur in Scheine. Als er endlich begriffen hatte, hingen schon ein paar in den Büschen auf der anderen Seite der Straße.

Jetzt sitzt er neben dem Fahrrad an den Baum gelehnt und hält die Tasche auf seinem Schoß. Er hat sie alle wieder eingesammelt und zurückgestopft, hat mit den Fingern geprüft und gegen die Sonne gehalten, hat einen grünen verglichen mit dem aus seinem Portemonnaie. Kein Zweifel, das Papier da in der Tasche war echt. Dann hat er angefangen, die braunen Blätter zu zählen. Aber bei Vierzig ist ihm schwindlig geworden und er gab auf und jetzt sitzt er und starrt auf die Felder zu seinen Füßen, und die Sonne ist schon ein ganzes Stück weitergerückt. Bald wird der Feierabendverkehr losgehen und die einsame Landstraße für ein bis zwei Stunden in eine Autobahn verwandeln. Spätestens dann wird er auffallen, wie er da sitzt, und irgendeiner wird aus seinem Auto heraus einen Krankenwagen herbeirufen: ›Da sitzt ein Mann neben seinem Fahrrad an einem Apfelbaum an der Straße und rührt sich nicht.‹

Was wird Irmchen dazu sagen. Mit dem Papier da in der Tasche könnte man einen Hof kaufen, wie es aussieht. Was würde Willi sagen, der Großvater. Streng und gerade und hager und die grauen buschigen Augenbrauen zusammengezogen erscheint sein Bild über den Feldern. Es ist eine andere Zeit, Großvater, sagt er leise. Die Gestalt verschwindet. Statt dessen taucht das Gesicht seiner Mutter auf, so wie es auf dem Totenbett aussah, bleich und durchsichtig. Zuletzt hatte sie fast keine Haare mehr gehabt, so daß der knochige Schädel wie ein Klumpen Lehm aussah. Es ist eine andere Zeit, Mutter. Das Gesicht verschwindet. Dann taucht ein Jungengesicht auf, mit abstehenden Ohren und Igelschnitt, koppelbreit über den Ohren nur Haut, Sommersprossen und leuchtende Kinderaugen. Es ist eine andere Zeit. Das Gesicht kommt über die wiegenden Ähren näher, die Augen schauen spöttisch, die Nase wird kraus. Es ist eine andere Zeit, hörst du? Die Nase wird noch krauser und der Mund öffnet sich zu einem Lachen. Vorn in der Mitte klafft eine Zahnlücke und er erinnert sich, daß er vom Apfelbaum gefallen war. Dann taucht unter dem Kinn eine geschlossene Hand auf und öffnet sich; glitzernde Murmeln brechen das Sonnenlicht. Er erinnert sich – die Murmeln waren sein größter Schatz. Krampfhaft versucht er, darauf zu kommen, wie der Junge hieß, an den er sie verloren hat. Auf seiner Stirn bildet sich Schweiß, es fällt ihm nicht ein. Dann verschwindet das Gesicht. ›Es ist eine andere Zeit‹, sagt er und richtet sich auf. Auf der Landstraße fahren die ersten Autos.

Du Hund

Ein Ausflug, ein herrlicher Ausflug. Mit Sonne und Wald und Frühling. Und Ruhe. Nur Vögel und ab und zu ein Rascheln im Gras. Und ein Weg wie im Märchen, und ein Fluß wie im Märchen, nein ein Bach, ein Bach unter Bäumen, so etwa wie der Weg, gemütlich und verschlungen. Da ist gut Gehen, bergan und bergab, und jeder Schritt Hinweg und Rückweg ist einer von der Stadt weg, aus der man gestern gekommen ist, gestern erst. Die Stadt mit all ihren Verknotungen und Hunden und Schizophrenien, die sich in die Gehirne und in die Gesichter schrauben. Auch in die Bewegungen, natürlich. Jeder bewegt sich anders entlang einer Straße, auf der sich Autos aneinanderquetschen, als auf einem Waldweg, der sich wie ein Bach unter Bäumen schlängelt. Die Tiere sind anders, also bewegt man sich anders, die Luft ist anders und die Geräusche sind anders. Stelle sich doch einer mal achtzig Phon im Wald vor, das ist wie ein Düsenflieger mit Kondensstreifen. An der Straße mit den gequetschten Autos ist das ein Nebengeräusch.

Ein herrlicher Ausflug also, bei dem sich Gesichter und Gehirne entschrauben und die Beine begreifen, daß sie mehr Muskeln haben, als fürs Gaspedal nötig sind. Aber das Gaspedal mit dem Auto darum bringt einen natürlich zurück, und der Wald mit seiner Ruhe steht, und die in dem Auto haben das unbedingte Gefühl, daß er morgen auch noch dasteht, weil, Märchen gibt es ja auch immer noch, trotz Computern und Cyberspace und Internet und so weiter. Mit ein bißchen Glück sitzt die Ruhe also mit im Auto und das Bein des Fahrenden ist ein bißchen verwundert, daß es so wenig Kraft braucht um so schnell vorwärts zu kommen. Aber es ist ein Überschuß da, die aufgewärmten Muskeln sind locker und krampfen dementsprechend das Pedal nicht in Richtung Bodenblech. Und dann steht der Hund auf der Straße, nein er sitzt. Er sitzt auf dem Mittelstreifen und jault. Das ist seltsam. Die aus dem Wald kommen denken, er heult. Vom Heulen ist es nicht weit bis zum Weinen. Und der Hund sitzt auf dem Mittelstreifen und weint. Und der Hund ist alt, ein alter Hund, ein verwirrter Hund, und der Fuß rutscht vom Gaspedal auf das Bremspedal. Das macht er ganz leicht, weil die Muskeln gut durchgewärmt sind. Das Auto hält, obwohl es an dem heulenden Hund hätte vorbeifahren können. Zwar ist die Straße eine Bergstraße, aber sie ist nicht schmal. Sie ist breit genug, an einem alten, verwirrten, heulenden Hund vorbeizufahren. Der Hund, was macht der hier? Ja, was macht der. Das nächste Dorf kommt irgendwann, sicher. Aber so weit läuft kein Hund allein. Alter Hund, Heulhund. Von Heulhund ist es nicht weit bis zu Heulsuse. Aber so allein? Die aus dem Wald kommen steigen aus. Der Hund kommt hechelnd auf sie zu, wedelt mit seinem schäbigen Schwanz. Armer Hund du! Alles haben sie dir ausgetrieben, ohne Herrchen heulst du wie ein Kind, armer Hund du, weißt den Weg nicht, weißt keinen Weg, so mitten auf der Straße. Bist bestimmt mit dem Auto hergekommen, und dann ist dein Rudel weggefahren. Alles haben sie dir ausgetrieben, könntest nicht mal eine Maus erwischen, weißt ja nicht, wie eine Maus aussieht, weißt nicht, daß du eine Maus fressen kannst, auch wenn sie nicht aussieht wie eine Büchse Schappi, Fleisch in Gelee mit Erbsen, der Geschmack, den Hunde mögen. Friedliches Raubtier du. Sitzt und weinst mitten auf der Straße, auf dem Asphalt, auf dem Weiß des Mittelstreifens, weil das dich an dein Rudel erinnert. Die aus dem Wald kommen begreifen nicht gleich, aber sie fühlen. Dein Rudel ist weggefahren und der Wald macht dir Angst, der Fluß, der sich wie der Weg unter hohen Bäumen dahinschlängelt. Bist ein zivilisierter Hund, da ist das schon in Ordnung mit deiner Angst. Im Wald laufen keine Schappibüchsen herum; das ist schwer zu begreifen. Die aus dem Auto steigen, bedauern dich. Aber sie wissen auch keinen Rat. Woher sollten sie den auch wissen, sie sind nicht dein Rudel, auch wenn sie ganz ähnlich aussehen. Du riechst, daß die nicht dein Rudel sind, aber sie riechen so ähnlich. Du würdest mit ihnen gehen, gerne, Hauptsache ein Rudel, Hauptsache ein Weg, an dessen Ende Schappibüchsen stehen. Aber die aus dem Auto steigen, wissen keinen Rat, und sie steigen nach dem Streicheln wieder ein. Und fahren ab, wie dein Rudel. Und dann, du Hund, sitzt du wieder auf dem Mittelstreifen und riechst den Asphalt und das Rauschen der Bäume macht dir Angst. Aber niemandem ist ein Vorwurf zu machen, und vielleicht, du Hund, vielleicht gehst du doch in den Wald, auf deine alten Tage. Du gehst in den Wald und findest eine Maus, für den Anfang. Wenn du die erste Woche überlebt hast, wirst du anfangen, die Straße zu meiden, die Verräterei, du machst einen herrlichen Ausflug, bis an dein Lebensende, bis an dein Lebensende bist du frei, du Hund, wenn dich kein Hundefänger erwischt; und die den nächsten Ausflug machen, die aus der Stadt, die werden dich für einen Wolf halten. Dann brauchst du keine Angst mehr zu haben.

Mein Freund Harry

Er schweigt, er will schweigen, alle an, in den Schwarm, den Bienenschwarm, auf die Straße, durchs Telefon, durch die Telefone, in die Hausflure, Wohnungen, Bahnhöfe, Cities, Läden, Geschäfte, Bars, Kinos, Theater, Kneipen, in die Kirchen, Götzen anschweigen, alle anschweigen. Er weiß, sie würden sein aufgerissenes Maul sehen und kein Wort hören, sie würden ihn leiser drehen wie ein Radio, ihn abschalten wie einen Fernseher, die Zeitung zusammenfalten, das Buch zuklappen, sie würden ihn zusammenklappen und kein Wort verstehen, sie würden sein aufgerissenes Maul sehen und kein Wort hören, sie würden ihn wegzappen, ein anderes Programm mit Herz. Er könnte schweigen was er will, er könnte in den Wald gehen, er könnte brüllen. Aber er schweigt, er schweigt sich die Lunge aus dem Hals, es kratzt im Hals, die Lunge pfeift, er ist Raucher, er spuckt Blut, aber er kann nicht, kann nicht aufhören zu schweigen. Er weiß, daß sich seine Hände zusammenkrampfen, daß die Fingerspitzen weiß sind, daß die Adern auf den Unterarmen schwellen, daß die Adern auf der Stirn schwellen, er weiß, daß man nicht lange so schweigen kann, daß man trinken muß, essen, schlafen, pinkeln, aber er, er kann immer nur schweigen, er schweigt wie ein Urmensch, er schweigt vielleicht nach einem Lagerfeuer, nach Funken, die in den Himmel steigen, nach Sternen, nach Luft, nach Schmalz, nach Ehrlichkeit, Wahrheit, Liebe, Recht und Freiheit, Recht und Freiheit, Schmalz, er schweigt nach einem Schmalztopf, glasiert, blau mit weißen Punkten, weißen Punkte wie Sterne, sie würden ihn wegzappen, Schmalztopf mit weißen Punkten wie Sterne, tonloses Maul, Adern auf der Stirn, pfeifende Lunge, Blut, dünnrot mit Schwarz, eine Straße in die Zukunft, sie würden die Straße in die Zukunft wegzappen, sie würden zu einem Programm mit Herz zappen, mit Mantel und Degen und Glöckner. Aber er schweigt, er schweigt Kriegsgeschrei, Kriegsgeschrei aus Rotweinflaschen und Zigaretten, er mit gekrampften Zehen, Bauch und Gehirn, er schweigt Windungen in die Luft, er kann nur noch schweigen, immer nur schweigen, und Sonnenuntergang und Abendland fällt in sein Gebrüll.

Nur so etwas wie ein Film im März

Nirgendwo, nirgendwo kann mich ein Schnupfen so erwischen. Die Nase ist ein Ort der Röte, des Brandes und der Tempo-Löschversuche. Es nutzt auch nichts, sie in ein Buch zu stecken, mit irgendwelchen Geigen aus Lautsprechern zu verbrüdern oder den Wind an sie zu lassen, sie in den Wind zu tauchen. Der Kopf klopft und der Arsch bleibt liegen, zu faul für die paar Schritte zu einer spiegelnden Fläche, sich zu überzeugen, nein kein Narziß, nur Schnupfen und Tropfen und ab und zu mal ein Kribbeln. Das entlädt sich und rüttelt den Kopf im Ballon durcheinander.

Nirgendwo ist irgendwo und kokettiert mit dem Wörtchen »Nichts«. Nichts ist nicht viel, eine Wohnung in einer Stadt mit Straßenbahnen, in einem Land mit Grenzen und Grenzern, mit Mietern, die Grenzen ziehen, Wohnungsgrenzen, Hausflurgrenzen, Bürgersteiggrenzen. Wie einsam standen da die Grenzsteine in der Mark Brandenburg, irgendwo neben stillen Straßen, Alleen mit hoch aufragenden Bäumen. Da lief nichts aus der Nase. Jetzt läuft es, ich laufe, in die Innenstadt, und stehe verblüfft zwischen flanierenden Flanierern und offenen Ladentüren in lauer Frühlingsluft. Taschentücher bestimmen das Tempo, besser wäre es, umzukehren, den breiten Flaneuren den schmalen Rücken zu kehren.

Aber Neugier und Not sind ein feines Pärchen, nötig sind Taschentücher; ein Gang über Plätze nicht, Erkennungszeichen: Plastiktüten mit viel Luft, Weihnachten ist noch zu nahe. Taschentücher finden sich preiswert bei ALDI, der Gang über die Plätze, vom Eise befreit, ach wenn's doch wäre, alles ist zu früh, die Flaneure, der Schnupfen, das Jahr.

Nirgendwo ist irgendwo, Kinder schwitzen eingepackt neben offenjackigen Eltern an gelangweilten Verkäuferinnen vorbei. Irgendwo ist meine Nase, rot und brennend. In dieser Stadt laufen tausend rote Nasen am Sonnabend durch die City und denken gar nicht daran, irgendwas anzubrennen. Nur um Zwölfe brannten alle vor Begeisterung, vier Mark neunundneunzig, sechs Mark neunundneunzig, Fünfzehnneunundneunzig, Studenten und Opas und Kinder, jeder braucht mal 'ne Pause, jeder, meine Nase auch, und das Jahr natürlich auch, dieses Jahr und der Narziß, die Flaneure und die Farbe Rot, von Farbe befreit. Von Farbe befreit kokettiert mit dem Wörtchen: »Nichts«. Nichts ist. Na also: Nirgendwo ist irgendwo, nirgendwo kann mich ein Schnupfen so erwischen.

Die Sonne brennt

Zuerst geht das Salz aus, dann das Toilettenpapier und die Zahnpasta. Tage später ruft mich ein Freund an, wir brauchen dich und dein Auto, ein Umzug. Die Sonne brennt.

Als ich losfahre zeigt die Nadel hämisch auf Reserve. Vor der Tankstelle steht ein Tankwart. Er sagt mir, ich soll zum Müllplatz fahren, dort machen sie aus Plastiktüten Ersatzbenzin. Aber die wollen statt Geld Erdbeeren.

Die Telefonzelle am Müllplatz ist geöffnet, ich muß dem Freund absagen, drücke die Zahlen, doch statt des Rufes im

Hörer sagt der Automat: »Ein Brötchen bitte«, und spuckt meine Karte wieder aus. Die Sonne brennt.

Schweiß klebt mir das Hemd an den Rücken und ich starte den Wagen. Vor einer Imbißbude bleibt er stehen. Der Verkäufer grinst und hält mir eine Büchse Coca-Cola hin, mit Wasserperlen drauf, aus dem Kühlschrank. Ich greife zu, doch er zieht sie hastig weg und sagt: »Ein Brot bitte!«

Ich biete ihm meinen Wagen an. Er schüttelt den Kopf und sagt wieder: »Ein Brot bitte.« Ich habe keins.

Da macht der Verkäufer seine Jalousie runter. Die Sonne brennt. Meine Lippen werden langsam rissig, dafür läuft mir der Schweiß nicht mehr zwischen den Schulterblättern herunter. Dann laß ich das Wasser aus dem Kühler ab und kann wieder schwitzen, es schmeckt rostig.

Kinder umringen mich. Sie müssen mir zugesehen haben und versuchen, mir die Flasche mit dem Kühlerwasser zu entreißen. Ich renne los. Sie verfolgen mich. Sie haben glühende Augen und sind unheimlich schnell. Sie holen mich ein, sie haben mich. Ich schreie sie an, sie reißen mir die Flasche aus der Hand, da kommt ein Polizist und dreht mir den Arm auf den Rücken.

Aber die Kinder haben die Flasche mir weggenommen, es ist das Kühlwasser von meinem Auto, das steht da hinten. Der Polizist zuckt die Schultern und stößt mich vorwärts, führt mich durch ein paar Seitengassen zu einem Brunnen und befiehlt: »Runtersteigen!« Die Sonne brennt.

Aber da ist doch gar keine Leiter! Er zuckt die Schultern und stößt mich hinab, und ich falle und kriege keine Luft mehr.

Licht blendet, deine Hand rüttelt mich. Du sitzt mit aufgerissenen Augen neben mir im Bett und zeigst zur Tür. Da steht der Freund, schwingt einen Gummiknüppel und brüllt: »Aber abhauen gibt es nicht, mein Lieber, abhauen gibt es nicht.«

Der Musiker

Da sitzt er und feilt seine Fingernägel. Gitarristen müssen das ab und zu mal. Er sitzt also und feilt, da fängt es in der Küche an zu zischen, erst leise, dann immer lauter, bis es pfeift. Er sitzt und feilt, der Kessel steht und pfeift. So macht jeder sein Zeug, denkt er, da ergibt sich eine Änderung. Die Änderung ergibt sich in der Küche, das Pfeifen ist höher geworden. Gut, jetzt pfeift's richtig, aber falsch. Das Pfeifen wird wieder tiefer und hat genau den Ton wie vorher. Gerade will er sich daran gewöhnen, da springt der Ton erneut hoch. Das ist neu, das hat er noch nie gehört. Er fängt an darüber nachzudenken, ob zwischen den Tönen eine Terz liegen könnte, da stellt sich ein dritter Ton ein, er ist tiefer als die beiden vorhergehenden. Er versucht ihn zuzuordnen, da pfeift der Kessel wieder höher und springt kurz danach auf seinen höchsten Ton. Ihm bleibt der Mund offen stehen, was er hört entspricht perfekt einem Dreiklang, wenn auch ziemlich quietschend. Er legt die Feile weg und geht in die Küche. Der Teekessel steht ganz unschuldig auf dem Herd; aber als er ihn genauer anschaut, scheint er ihn anzugrinsen.

»So«, sagt er, »Bruder! Strebst also nach Höherem! Da werde ich dir mal den Hahn abdrehen und das Kaffeepulver in der Tasse übergießen.« Er zieht die Pfeife ab, ein empörtes »Plupp«, dann ist Ruhe.

Wie geht's

Ja, ach hallo, wie, ja, lange nicht, nein, ja, hm.

Geht. Ich habe Bett und Kühlschrank, DKK, brummt. Kühlschrank setzt Küche voraus, Bett, Zimmer, Wohnung, Dach, Fenster, Tür und Teppich, sogar Teppich. Ja. Bett und Bücher, für die Stunden, die, die, ach es geht. Und Kaffee trink ich auch gerne, Küche, Fenster, Kaffee. Klingt nach Morgen, ist Morgen. Geht gut in der Küche, geht sich gut in die Küche, der Kessel pfeift, Kaffee. Und Gurke aus dem Kühlschrank, DKK, und Brot aus dem Schrank, Brot.

Und du? Geht so? Muß ja, ja. Kühlschrank und Brot aus dem Schrank. Morgen mit Sonne auf dem Tisch bis zur Wand, und tropfender Wasserhahn. Ist schon friedlich, Morgen mit Brot, und draußen die, fahren bunten Bildern hinterher, fahren und fahren und hier steht alles. Die Tasse auf dem Tisch und die Sonne auf der Tasse.

Danke der Nachfrage. Nett, wirklich. Der Morgen und der nebenan. Manchmal hustet er, als hinge die Lunge schon einen halben Meter heraus. Aber lebt noch, seh ihn manchmal. Sieht mich manchmal. Sehen uns, grüßen uns sogar. Tun uns nix.

Brot und Butter, Butter auch, ja, und Bett mit Blick über die Dächer. Vom Buch über die Dächer. Ist aber nichts für Katzen, sind Neubauten, kommt keine Katze hoch und keine runter. Die Wände sind glatt, glatt und weiß, die Balkons sehen auch nicht mehr so polnisch aus. Alles weiß und keine Wagenräder und keine blätternde Farbe. Ist still hier, wie am Meer. Die Autos sind das Rauschen, von der Straße vorn, Welle auf Welle, abends ist Sturm.

Wie geht's, ja. Du siehst, ich habe eine Wohnung. Manchmal klingelt das Telefon, manchmal ist Post im Kasten, und manchmal schalte ich das Küchenradio ein. Es brummt und dann redet es, meistens keift es, MDR-Info life aus dem Bundestag. Dann hüpft die Sonne von der Tasse und stellt sich wieder an den Himmel. Sturmflut; wenn ich nicht aufpasse, läuft die Küche voll. Ich passe auf, das Radio wird noch lange halten, die Röhre ist eine EL 84, sechs Watt, seit dreißig Jahren, vielleicht auch länger. Die Omi, die es blankgewischt auf die Mülltonne stellte, wollte Stereo. Muß noch beide Ohren gehabt haben, wie der Nachbar, der muß noch beide Lungenflügel haben, sonst hätte er das Rauchen schon gelassen. Ist einer von denen, die noch Hoffnung haben. Hoffnung. Wie geht's ist eine Frage mit Hoffnung. Daß der Gefragte zum Beispiel ein kleineres Auto fährt. Die Augen leicht zusammengekniffen, nach einer kleinen Verräterei in den Mundwinkeln des anderen. Ein leichtes Zucken vor der Antwort: »Geht so!« Das reicht dann für einen geraderen Rücken die nächsten paar Schritte. Aber ist egal, macht nichts, und: Danke der Nachfrage.

Neulich

Neulich fragte einer, ich war verblüfft, nach mir. Und ausgerechnet noch ein Alter, ein alter Bundesbürger. Ich solle was über mich erzählen, ein paar Zeilen. Ich hielt den Brief und hörte förmlich die Tür zuklappen, meine Tür, die in der Schale. Ich hielt den Brief und hörte es klappen. Und dann dachte ich rückwärts. Zu denen, die alles im Munde tragen, bereit, ganze Schwälle hervorsprudeln zu lassen, zu denen gehörte ich. Wann interessiert sich schon mal jemand für jemanden? Natürlich bekam ich Schläge. Wer so mit offenem Visier herumläuft, lädt ja geradezu ein. Es dauerte, bis die Klappe unten war. Und nun? Da fragt einer, und ich krieg den Deckel nicht mehr hoch, die Tür nicht mehr auf. Ich zerre an dem Ding, hantiere, klopfe, nichts rührt sich. Ratlos starre ich auf den Brief. Irgendwo ganz hinten raunt es: Vorsicht!

Ja, Vorsicht. Aber der fragt. Und nicht wie in der Schule, auch wenn der Typ Lehrer ist, in seinem Kaff bei Nürnberg. Und auch, wenn er aus seiner Haut nicht herauskann, aus seiner Lehrerhaut, aus seiner Alt-Achtundsechzigerhaut, aus seiner Altbundesbürgerhaut, der fragt, tatsächlich, und nicht den Affen im Zoo.

Ich schaue auf den Monitor und merke, daß ich ohne zu wollen aus dem Präteritum geglitten bin. Der Brief ist längst im Kasten verschwunden, weggelegt, und ich falle ins Präsens. Und ich merke, daß ich den Brief gar nicht hervorzuholen brauch, kann jede Zeile auch so sehen.

Natürlich habe ich inzwischen geantwortet, ein paar Zeilen geschrieben. Aber ich käme mir verarscht vor. Alles und nichts. Vage Andeutungen, Versteckspiel, reinweg lyrisch modern.

Da fragt einer, und es scheint, daß er tatsächlich was wissen will. Und ich Arschloch hab nichts weiter zu tun, als modern zu lyriken wie ein eitler Geck. So wad dat nix mit Kommunikation!

Und nun sitz ich und denke: ›Hoffentlich fragt der Frager nochmal, in ein paar Tagen oder Wochen vielleicht. Hoffentlich hab ich seine Frage nicht vertan‹.

Einleitung

Du.
Ja?
So einfach: Ja?
Ja.
Sag das nicht!
Nein?
Man muß es sich leisten können.
Ja und Nein?
Schwarz und Weiß, oben, unten, hüben, drüben. Wer kann sich schon eine Antwort leisten?
Du redest wie eine Katze.
Kater.
Ein Kater ist keine Katze.
Katze ist ein Klischee.
Fein.
Du magst Antworten nicht.
Antworten gibt es nicht.
Fein.
Ein ins Taufbecken wichsender Nietzsche ist eine Antwort.
Wie Napoleon auf dem Scheißhaus.
Ihr seid obszön.
Wir wären es gern.
Du wärst es gern.
Wir! Der Herr, die Dame, das Kind.
Eine Behauptung.
Eine klare Behauptung.
Ich hoffe, du hast keine zehnjährige Schwester.
Was redet ihr?
Zwischen oben und unten.
Ein schwebender Zustand.
Ein Zimmer mit Teekanne im Turm, und ab und zu ein

Frauenzimmer.
Laß Hölderlin raus!
Wie wär es mit Humboldt?
Hat der Bergmannssagen gesammelt?
Nein.
Na also.
Ihr könntet euch zwischen hüben und drüben entscheiden.
Als Kater bin ich mehr für Nacheinander. Erst Maus, dann Milch.
Rote Brause, weiße Brause.
Russischer Wodka.
Brause? Wodka? – Ihr habt nichts gelernt. Die Maus für den Jäger, die Milch für das Haustier. Wenn Aufgabe und Aufgabe zusammenfallen, ist alles klar.
Vater, Tochter. Mutter, Sohn.
Brüder und Schwestern.
Kerouac. Du kiffst zuviel. Und fährst zuviel Auto.
Glaubst du jedem, daß er Sumsi hatte?
Wer ist Sumsi?
Napoleons Gast.
Auf dem Scheißhaus.
Warum könnt ihr euch eine Tür mit Herz nicht mehr vorstellen?
Weil es stinkt.
Aus dem Herz.
Das Herz stinkt nicht.
Was zu beweisen wäre.

Wein

Honiggelb sieht der Rest aus. Dann stand das Glas in der Sonne. Sirup ist übrig. Klebrig hält er den Grund besetzt. Ein paar Insekten sind drauf reingefallen und kleben mit. Die Ameisen sind klüger oder haben bloß keine Flügel.
 Hinterm Haus, Kinder im Sandkasten, Omis drum herum. Mütter zwischen Wäscheleinen und Bunt, Sonnenflecken zwischen Bäumen, überm Klee Hummeln.
 Die Balkons, da wo die Häuser noch nicht renoviert sind, mit Wagenrädern, Stiefmütterchen; Wände in Pastellfarben.
 Honiggelber Rest. Die Ameisen sind doch nicht so klug.
 Abends leuchten Straßenlaternen hinters Haus, Lichtflecke zwischen Bäumen. Taschenlampen in Kinderzimmern scheinen ausgestorben zu sein.
 Still stehen die Häuser groß in der Nacht, still, still. Morgen werd' ich wohl das Glas auswaschen.

Morgen

Die Annonce war nur klein gewesen, die Frauenstimme in der Leitung burschikos und hektisch und erst gestern; die Geschwindigkeit jedenfalls nicht mit der der kriechenden Autoschlange zu vergleichen.
 Sie hat wieder mal vergessen, die Antenne rauszuziehen und hört Kassette, John Lennon, auch das kann einem zum Hals raushängen. Nervös schaut sie auf die Uhr und knabbert an ihrem mitgenommenen Brötchen, früh in der Küche schaffte sie nur den Kaffee, draußen schieben sich jetzt Felder vorbei, dann die nächste Ortschaft, dann endlich das Ortseingangsschild, vielleicht alles doch viel zu schnell. Sie wickelt

das halbe Brötchen wieder ins Silberpapier, es knistert. Dann steht sie vor dem Haus, das Erdgeschoß ein riesiges Büro in grau und blau. Mit einem Ruck stößt sie die Tür auf. Ein einsamer Schreibtisch mit langem Herrn, links daneben Schalensessel aus Plastik, ein paar Leute, ein Tisch mit Zeitungen wie beim Arzt, die Leute gucken in die Luft. Sie steuert auf den Schreibtisch zu, der Herr erhebt sich und grinst.

»Ich hatte auf ihre Annonce angerufen.«

»Nehmen sie bitte Platz und füllen sie den Fragebogen aus.« Sie setzt sich und nimmt einen der überall herumliegenden Zettel. Die Fragen verletzen sie. Verheiratet? Letzte Arbeitsstelle? Versichert? Soziale Leistungen? Auto? Führerschein? Sie schreibt langsam. Als sie den Kopf hebt, nimmt der Herr ihr lächelnd das Papier aus der Hand und verschwindet damit hinter einer Tür. Sie sehnt sich nach ihrem Auto, dem angeknabberten Brötchen und John Lennon.

Die anderen nehmen keine Notiz von ihr. Dann wird ein Name aufgerufen und ein älterer Mann erhebt sich, schüttelt einem jüngeren Mann die Hand und folgt ihm auf die Straße. Die Tür schwingt lautlos hinter ihnen ins Schloß. Draußen steigen sie in einen PKW und fahren los, der Ältere war sehr umständlich eingestiegen.

Dann wird ihr Name aufgerufen, Karin Herbst, die anderen gucken ärgerlich. Vor ihr steht eine ältere Frau: »Na dann woll'n wer mal, ich heiße Müller.« Karin ist verwirrt. »Ich dachte, hier findet ein Vorstellungsgespräch statt?«

»Machen wir, machen wir, 'time is money'. Sie könn' mich alles fragen.«

Die Frau geht vor, und Karin folgt ihr wie bedeppert. Dann steigen sie in einen kleinen roten VW, auf dessen Rücksitz sich Pappkartons bis untern Himmel stapeln.

Die Frau startet den Wagen. »Heute geht's nach Wurzen, ein Gebiet, wo ich selber noch nicht war.«

Karin fragt vorsichtig: »Und wie reagieren die Buchhandlungen auf ihre Bücher, ich hab ja noch kein einziges gesehen?«
»Wieso Buchhandlungen, wir fahren Betriebe an.«
»Betriebe?«
»Na klar, Montag bis Mittwoch präsentieren, Donnerstag und Freitag Verkauf.«
»Verkauf?«
»Na was dachten Sie denn, Herzchen? Heute haben wir auch Messer mit, ganz neu.«
»Würden sie bitte anhalten!«
»Was?«
»Halten sie an!«
Die Frau zieht die Augenbrauen hoch und fährt rechts ran. Sie stehen kurz hinterm Ortsausgangsschild, der Morgen ist kalt.
»Also, was is nu?«
»In der Annonce stand was von einem Verlag, der Mitarbeiter sucht.«
»Wir haben auch Bücher, Kochbücher, Kinderbücher!«
Triumphierend greift die Frau hinter sich und hält ein sehr buntes Kinderbuch hoch.
»Ich fahr nicht mit.«
»Na, da steigen se ma aus, Herzchen, 'time is money', die paar Schritte wer'n se ja zurücklaufen könn'.«
Karin sieht dem davonfahrenden Wagen nach und friert in ihrem dünnen Rock. Sie hat Sehnsucht nach John Lennon und ihrem angeknabberten Brötchen.

Vor der Kaufhalle

Sie könnten mir getrost Ihre Brieftasche überlassen, ich bin ein ehrlicher Mann. Wissen Sie, diese Ehrlichkeit, ich hab sie nicht vergessen, diese Ehrlichkeit der Mütter, die sie ihren Kindern mit auf den Weg geben. Ich hab sie gehütet wie einen Schatz, wie einen Schatz. Gewiß, das hört sich jetzt etwas pathetisch an, aber Ihre Brieftasche, die könnten Sie mir getrost überlassen.

Als ich mit der Schultasche ging, ich erinnere mich am meisten an die Morgen im Winter oder im Herbst oder im Frühjahr, ich hab immer gefroren, ich hatte so eine dünne Jacke. Als ich an diesen Morgen mit meiner Schultasche ging – Sie müssen wissen, diese Morgen hatten immer lange Schatten, so lange Schatten, wie man sie eigentlich nur an späten Sommerabenden sieht – als ich also mit meiner Schultasche ging, da klapperten die Lineale und die Bleistifte und die Füller, die klapperten, wenn ich hüpfte, manchmal bin ich gehüpft nur um es klappern zu hören, na ja, ich bin auch gehüpft, um nicht so zu frieren, wenn man schnell geht und hüpft, dann friert man nicht so. Ich hab mir immer vorgestellt, öfters jedenfalls, immer ist ja so ein komisches Wort, ich hab mir vorgestellt, die Schultasche wäre voller Geld, voller kleiner Münzen, Groschen und Fünfziger, ich weiß, Sie denken jetzt an falsche Fünfziger, Groschen und Fünfziger, wie ich sie in der Kasse meiner Mutter gesehen hab, in der Kaufhalle, Sie müssen wissen, meine Mutter arbeitete in einer Kaufhalle und nach der Schule bin ich immer zu ihr gegangen und manchmal hab ich geholfen, Flaschen zu sortieren. Voller solcher Geldstücke hab ich mir meine Schultasche vorgestellt und nicht einen einzigen Augenblick daran gedacht, mir dafür eine dickere Jacke zu kaufen. Wissen Sie, es war normal, daß ich auf dem Schulweg fror, im Winter und im Frühjahr und im Herbst. Wissen Sie, ich hätte die ganzen Münzen zu meiner Mutter gebracht, zu ihr und in ihre Kasse, zu den Münzen, die in den Fächern klimperten, wenn die Lade aufsprang. Sie könnten mir also getrost Ihre Brieftasche überlassen, für einen Augenblick. Testen Sie mich, testen Sie meine Ehrlichkeit, die gehütete, das Andenken meiner Mutter, das Andenken der Mütter, daß sie ihren Kindern so selbstverständlich mitgegeben haben, und daß sie wohl auch von ihren Müttern empfangen haben, das Andenken der kleinen Leute, der ehrlichen Leute, der einfachen Leute. Ich bin ein einfacher Mann, müssen Sie wissen, und ich bedaure, daß Sie mir Ihre Brieftasche nicht zu Testzwecken überlassen wollen. Sie glauben wohl nicht an einfache Männer? Glauben Sie ruhig, glauben Sie an die Ehrlichkeit der Mütter und an die Güte der Mütter und an die Ehrlichkeit ihrer Kinder.

Sehen Sie, ich stehe hier vor Ihnen und Sie hören mir jetzt schon fünf Minuten zu, Sie haben auch eine Mutter, Sie sind sicher selber Mutter, Sie haben Kinder, Sie wissen ganz genau, wovon ich spreche, Sie erinnern sich, in Ihnen klingt die Reinheit Ihrer Kindertage auf, Sie sehen sich über Felder laufen, Sie sehen Kühe, Pferde, Koppeldrähte, wunderbar würziges Gras, braune Erde, blauen Himmel mit weißen Wolken darin, Sie sehen sich an der Hand ihrer Mutter, ihres Vaters, ehrliche Hände, Hände, die von der Arbeit gezeichnet sind, Risse haben, Sie hören ihre Stimmen, ihr klares, einfaches, gutes Lachen. Sie kennen diese Ehrlichkeit, wie ich sie kenne, wir sind verwandt, aus der gleichen Vergangenheit, wir sind Geschwister, wir kennen uns, wir können zueinander Vertrauen haben, klares, einfaches Vertrauen, ich kann ihnen meine Brieftasche anvertrauen, ich geb Ihnen meine Brieftasche, hier haben Sie sie, bitte, es ist ganz einfach, es ist immer ganz einfach unter Geschwistern, hier haben Sie meine Brieftasche, nehmen Sie sie, befühlen Sie sie, wiegen Sie sie in ihrer Hand, ein wunderbares Gefühl, nicht wahr? Sie könnten mir Ihre Brieftasche überlassen, im Gegenzug, Vertrauen gegen Vertrauen, ja, sehen Sie, es ist ganz einfach, ja, Ihnen stehen Tränen in den Augen, wie gut ich Sie verstehe, ich verstehe Sie so gut, Sie fühlen sich wohl, Sie sind in der Erinnerung, in Ihrer Erinnerung, es ist warm in Ihrer Erinnerung, nicht wahr, wie gut ich Sie verstehe. Wir überlassen einander unsere Brieftaschen. Es ist so einfach, so wunderbar einfach und was macht es schon, daß meine dicker ist als Ihre, es macht gar nichts, überhaupt nichts, lassen Sie uns Abschied nehmen, einen wunderbaren, leichten Abschied, es ist, als hätten wir unsere Herzen getauscht, auf Wiedersehn, auf Wiedersehn und Glück, ich wünsch' Ihnen Glück und ich winke Ihnen, ich verlasse Sie nicht leicht, nein, aber ich muß, leider, ich muß, wir sehen uns wieder, ganz bestimmt, wir haben ja ein Pfand voneinander.

Brief von Ost- nach Westleipzig im Juni 99

Was soll ich erzählen. Alles ist voller Geschichten, ich weiß. Du auch. Alles erzählte Geschichten, irgendwelche Schreihälse nächtens, irgendwelche Säufer vormittags, an Kaufhallenecken, Hallen, die bei dir immer noch Supermarkt heißen. Wir haben die gleichen Einkaufsmütter am Nachmittag, und greinende Kinder und Kinder, die denken, sie sollten welche machen, in dieser späten Zeit. Alles ist spät, das wirst du wissen. Es lohnt nicht mehr, die Augen ganz auf zu machen, immerwährende Müdigkeit hinter den Netzhäuten, blinde Flecke, zusammengematschte Farben, alles ist voll, so voll, daß nichts mehr überlaufen kann. Als die Fässer noch überlaufen konnten, ja, sag ich. Und die Finger fahren über Blätter von Bäumen, die sich wie Papier anfühlen, die Blätter. Die Bäume sind Lumpen, die Brüder von denen an den Ecken.

Das Gedicht vom Kaputtmachersiegfried, aber das wirst du nicht kennen, die Eltern haben ihm Lumpen umgehängt, zur Strafe, ein Vorgriff. Die meisten Leute tragen nach wie vor Lumpen, die kleinen Leben, die niemanden etwas angehen sind alle Brüder. Trink eine Flasche Schnaps am richtigen Ort und du wirst es wissen.

In dieser Stadt gibt es eine Schule, vor der morgens ein alter Schwarzer unbestellt fegt. Seine Hose sieht gelb aus zwischen den Beinen. Niemand stört ihn. Wozu, du nickst, es wäre eine jämmerliche Geschichte. Ein alter Schwarzer mit einer bepißten Hose ist eine jämmerliche Gestalt. Aber er lebt, eine Art lebender Vorwurf, schwarz und gelb. Eine dieser miesen Zeitungen brachte vor einem Jahr ein Foto und drei Zeilen Text. Alle sollten wissen, wenn er daliegt, daß er es ist. Er liegt aber nicht, er fegt, das gibt keine neue Zeile. Kann aber auch sein, daß die Zeitung inzwischen eingegangen ist, manchmal trifft es die richtigen.

Es ist nun zehn Jahre her, daß wir uns kennenlernten. Ich weiß noch, wie du kamst, mit hochgekrempelten Ärmeln, amerikanisch. Inzwischen bist du fast heimisch hier.

Niemand hat von dir verlangt, daß du deine Herkunft wegschmeißen sollst. So konntest du etwas wegschmeißen, stückchenweise. Wenn einer ankommt, hängt er noch eine Weile in der Luft, die Sprache verrät bis ans Lebensende, wir beide sind fremd, wir haben uns kennengelernt, das ist eine Geschichte, fast. Ankommen mit einem Weg zurück, das unterscheidet uns, die Reale, der Weg nach hinten. Wir werden nie schwarz sein, aber zu verwechseln sind wir nicht. Das ist gut, nur, was soll ich dir erzählen?

Alles ist voller Geschichten, die um das Wort einen Bogen machen. Du nickst, auch wenn ich von Seife in meinen Augen rede nickst du. Seit zehn Jahren wird uns die Seife ähnlicher. So fällt das Bilderverschieben schwerer, und die Fässer, die nicht mehr überlaufen können, schwimmen lustig auf den Wassern übergelaufener Bäche durch die Straßen dieser Stadt, in der man sich bemüht, alte Flüsse freizulegen. Dabei ist es spät, so spät, daß es sich nicht mehr lohnt, die Augen ganz auf zu machen. Die Amerikanischen sind nicht zum Einhalten zu bewegen, die eigenen und die fremden nicht, die tätige Kraft, die verändert zurück. Du nickst. Die See wird uns in Fässern finden, fast eine Geschichte ist das. Aber auch diese macht um das Wort einen Bogen, und wir haben beide die Schnauze voll von Bögen. Es ist gut, dieses voneinander zu wissen. Und ich mag, wie du immer noch deine selbstgedrehten Zigaretten rauchst, ein Relikt, auch wie du redest, in dem Café, in dem wir uns von Zeit zu Zeit treffen. Unsere Prägungen treffen einander und besetzen gemeinsam Worte. Mit unendlicher Sicherheit haben wir den Platz in dieser Stadt gefunden, der ihr am wenigsten ähnlich sieht; so lange wir uns kennen, fahren Straßenbahnen an ihm vorbei, schauen die Leute hinter den Scheiben herüber, bringt der Kellner ohne Alter Kaffee und Tee. Ohne diesen Platz gäbe es uns nicht. Selbst der vergrämte grauhaarige Dichter in seiner Ecke gehört dazu. Ich war froh, als die Ärzte ihn vom Totenbett holten, auch wenn er jetzt Gänsewein nippeln muß, seltsamer Kontrast, dieses Gesicht und sprudelndes Mineralwasser. Du nickst, auch das wäre fast eine Geschichte, der vom schwarzen Feger nicht unähnlich, bis hin zur Statur. Aber es ist spät, sehr, und die Seife brennt in unsere Netzhäute ihre Muster, in dieser Stadt, in der es wie überall vier Himmelsrichtungen gibt und die uns trotzdem ihre Jahre so auf den Buckel lädt, als gäbe es nur zwei.

Also, was soll ich dir erzählen, von jenseits der Grenze ist kein Signal unverschlüsselt genug, und unsere paar gemeinsamen Worte sind vielleicht auch spät und müde und vergebens, so wie sich nichts nachreichen läßt, nicht wirklich.

Niemandsland

Der Rucksack drückt, Bilder schwirren ihm durch den Kopf, der Flug, die Landung, Bäume, Blätter, gepflegt, Büsche mit Wegen dazwischen, sauber geschorener Rasen, das alles bestrahlt von rotem, blauem, weißem Neonlicht, die Schritte gemütlich, sicher, langsam und tastend. Der Abend ist mild. Am Himmel die Positionslichter der nächsten Maschine unter rotgelb angestrahlten Haufenwolken, sehr warm, sehr schön. Er ist Reporter und wird die nächsten Tage nichts, aber auch gar nichts machen. Diese lächerlich kurzen sechs Wochen. Langsam fährt er mit der freien Hand über Gesicht und Augen und bleibt stehen. All diese Geräusche, die fahrenden Autos, das Gemurmel von Menschen, das Klappen von Türen, Lautsprecherdurchsagen, auf dem Rollfeld das landende Flugzeug, alles bekannt, alles vertraut und alles so unwahrscheinlich unwahrscheinlich. Diese lächerlichen sechs Wochen, es war nicht sein erster Einsatz, beileibe nicht, wieso, wieso steht er jetzt hier und staunt über das alles hier? Er kommt doch nicht das erste Mal zurück.

Mit müdem Schwung läßt er den Rucksack auf eine Bank krachen, das kann er, die Apparate sind gut eingepackt. Langsam setzt er sich daneben. Hinter ihm der Flughafen, halblinks die Taxis und die Reisebusse, vor ihm Büsche und eine Wiese, ein paar Meter weiter eine Telefonzelle, seltsam unversehrt. Und es riecht gut, stellt er fest, nach Frühling und Wiese. Unmerklich schüttelt er den Kopf. Dann starrt er auf seine Stiefel, an denen noch der Staub klebt von da, wo er her kommt, Staub unbefestigter Wege. Die letzten Kilometer zum Flughafen jagten sie im Jeep, die letzten zehn Kilometer eine lange Reise über eine glatte Asphaltstraße. Sie kam ihm sehr komisch vor, diese glatte Straße. Aber wenn man Hunderte Kilometer über Feldwege gefahren ist, ist das wohl so mit einer glatten Straße.

Er sitzt auf der Bank neben seinem vollgestopften Rucksack und raucht. Halb links hat ein Reisebus gehalten, aus dem jetzt aufgeregte Menschen steigen. Daß sie aufgeregt sind, kann er an ihren Rufen hören, und wie sie sich um die Koffer drängen, kann er sehen. Bunt sind sie angezogen, haben Bäuche und Sommerkleider. Er hält eine neue Zigarette an die alte und starrt wieder auf seine Stiefel.

Der Jeep hatte mit quietschenden Reifen gehalten, er war herausgesprungen, ein kurzer Gruß an den Fahrer in Englisch, mach's gut, die Maschine hatte schon die Motoren angelassen. Er hetzte durch die Kontrolle, der Rucksack wurde kurz durchleuchtet, viel Metall, Fotoapparate, eine kurze Erklärung, Reporter aus Deutschland, das Viereck – ist ein Datrecorder, ja, Tonaufnahmen hatte er auch gemacht. Man glaubte ihm, ließ ihn durch, die Stewardeß runzelte ein wenig die Brauen, als er staubig und verschwitzt die Gangway nach oben hastete. Als sie starteten, hatte er den Jeep, eine Staubfahne hinter sich, in die Ebene rasen sehen, die glatte Straße spiegelte sich im Sonnenschein. Einen kurzen Augenblick lang hatte er sich gefragt, wo der hinfuhr, dieser junge Amerikaner, dessen Englisch er nur mit Mühe verstanden hatte. Irgendwo in Kalifornien war er zu Haus, da irgendwo im Süden, wo die Sonne brennt. Er war lustig gewesen, dieser GI, und hatte dauernd aus einer Literflasche Coke getrunken. Wenn er weiter in diese Richtung fuhr, würde er bald den Sicherheitsgürtel um den Flugplatz verlassen haben. Doch der Gedanke war nur kurz gewesen, bald sah er Wolken durch das Rund des Fensters, dann war er eingeschlafen.

Er raucht seine dritte Zigarette. Hinter ihm landet wieder eine Maschine, sein Blick wandert über das Flughafengebäude, über die Parkplätze bis zu seinem Rucksack. Knapp fünfzig belichtete Filme, achtzehn Kassetten und ein Bündel eng beschriebenen Papiers zwischen dreckigen Hosen, Pullovern und Unterwäsche. Und die Kameras. Langsam schaut er an sich hinunter, Drillichhose, Stiefel, Wetterjacke, so ist er immer losgezogen, so kam er immer an. Wieder schüttelt er unmerklich den Kopf und zieht die duftende Luft ein. Es riecht so verdammt gut hier, kein Qualm, kein Gestank, die paar Autoabgase, lächerlich. Da vorne stehen die Taxis, und er steht im Niemandsland. Als er es denkt, wird ihm klar, daß es stimmt und eine Gänsehaut kriecht über seinen Rücken.

Als er aufwachte, steuerte das Flugzeug Frankfurt an, eine Stadt in der Abendsonne. Er hatte einige Sekunden gebraucht, um sich zurechtzufinden. Die Stewardeß hatte ihn leicht am Arm berührt und wies mit freundlicher Gebärde durch das Fenster. Er schnallte sich wortlos an.

Wieder fährt er sich mit der Hand übers Gesicht, da hinten warten die Taxis auf Kunden. Hingehen und ein Ziel sagen, ganz einfach. Am Bahnhof läßt er sich absetzen. Hier ist alles wie vor sechs Wochen, ein Bahnpolizist mustert ihn mißtrauisch, als er am Schalter steht, die Fahrkartenverkäuferin dagegen ist freundlich. Sie muß unrasierte Typen mögen. Nachdem er sein Ticket hat, wendet er sich zu einem der vielen Bistros, bestellt einen Kaffee und holt sich Zigaretten aus dem Automaten, ganz einfach geht das. Die Erinnerung an gewohnte Bewegungen, Geräusche, Gerüche kommt plötzlich, und plötzlich ist er wirklich hier, plötzlich versteht er wieder jedes Wort, sind die Läden vertraut, das viele Licht, die Hast der Leute, die Schriftzüge der Hinweisschilder, die Werbetafeln für Mineralwasser und Bier. Langsam und knakkend dehnt er seine Glieder im Stehen, atmet tief durch, merkt, wie sich die Verkrampfung innen löst. Er ist zu Hause. Vielleicht wird er die nächsten Tage doch nicht bloß faulenzen. Er nimmt einen kräftigen Schluck und muß husten. Der Kaffee ist heiß, na klar ist der das, was denn sonst. Er lächelt. Schwungvoll reißt er die neue Schachtel auf und streicht mit dem Finger fast zärtlich über die Steuerbanderole.

Der Journalist

Der Druck steigerte sich. Er hätte es wissen müssen. Der Rosenkohl sah gut aus. Der Abend war fortgeschritten, als die Gesellschaft zu Tisch gebeten wurde. Er hatte Hunger gehabt. Dazu lag noch eins dieser Interviews vor ihm, denen man nur mit Mühe ein paar halbwegs normale Sätze abringen kann. Eine staubige Angelegenheit.

Aber nun war der letzte Mineralwassertrinker aufgestanden und er erhob sich notgedrungen. Und drückte die Hinterfront zusammen. Seine Augen suchten die Toilettentür. Ein fröhlicher Herr stellte seine Begleitung vor. Er muß einsilbig auf die hoffnungsvolle junge Journalistin gewirkt haben. Nach ein paar Minuten war er beide los. Steifbeinig ging er. Eine ältere Dame erkundigte sich nach seinem Befinden und redete von ihrer Migräne. Er spürte Schweiß unter den Achselhöhlen, Wärmeschauer schossen durch seinen Körper. Mit der Dame schlenderte er in Richtung Toilettentür. Und wurde erlöst. Sein Interviewpartner klopfte ihm ungezwungen auf die Schulter. Angestrengt preßte er wieder die Hinterfront zusammen, Schweiß trat ihm auf die Stirn.

Die Kapelle finge gleich an zu spielen, wann, wenn nicht jetzt! Er ging mit, dicht an der Tür vorbei, aus der gerade ein dickbäuchiger Herr trat. Im Gürtelbereich seiner zu engen Hose kniff es unentwegt. Er war ein schamhafter Mensch.

Der Bürgermeister holte zwei Gläser Whisky und hielt ihm eins davon hin. Scheiß-Zeitung, dachte er, die ihn zu solchen Feten schickte. Konzentriert hielt er das Glas. Die geringste Erschütterung seines Körpers mußte zur Entladung führen. Prost!, sagte der Bürgermeister. Niemand merkte etwas. Die Kapelle hatte angefangen zu spielen.

Zwei Anrufe

Du bist losgefahren, deine Oma noch mal sehen, vielleicht das letzte Mal, sagtest du, und ich stell mir vor, wie du im Auto sitzt, links dein Vater, rechts du mit Zetteln in der Hand, Texte lernen. Klar war ich still, als du das sagtest, für den Augenblick war alles klar, deine Stimme klang gequält. Dann hab ich aufgelegt und stand ratlos im Flur, was jetzt. Die Veranstaltung fliegt, wenn du nicht kommst. Hastig überlege ich, wer könnte noch. Dann kommt der Gedanke, Mensch, daß ihm das nicht früher eingefallen ist und meine Hand zuckt zum Hörer. Irgendwo hinten brüllt eine Stimme Arschloch. Eine andere erwidert höhnisch: Sentimentaler Kacker. Eine dritte meldet sich: Mach dir lieber 'nen Kopf, wie du das auf die Reihe kriegst. Ruhe, sage ich laut. Du guckst verschlafen aus dem Wohnzimmer: Was ist denn? Ach nichts. Die Oma liegt im Krankenhaus, lange lange, und hat Geburtstag, ausgerechnet morgen, da kann man nichts machen. Ich setze mich in die Küche und rauche. Meine Augen kleben an der Fensterscheibe, draußen ist Nacht und Regen, es prasselt leise. Du willst versuchen, trotzdem zu kommen und lernst Texte, und ich seh dich im Auto sitzen, mit den Zetteln in der Hand. Deine Gedanken werden zerrissen sein, und ich stell mir die Oma vor, wie sie im Bett liegt und die zittrige Hand hebt, und wie hinter deinem Rücken Papier raschelt. Sentimentaler Kacker, lacht es leise. Halt's Maul. Meine Hand mit der Zigarette fährt unwirsch durch die Luft. Die Oma hat Vorrecht, scheiß auf die Veranstaltung, davon stirbt keiner, nur die Oma, vielleicht, dabei, gerade dann. Ich werde also vor den Leuten sitzen und das Mikro in der Hand drehen und viel Spaß wünschen und immer ein weißes Bett mit einer zittrigen, fleckigen Hand vor Augen haben. So alte Hände hab ich schon gesehen, auch wenn ich nie im Krankenhaus gearbeitet habe.

Die Zigarette ist zu Ende und der Kühlschrank schaltet sich leise knackend ein. Ich dreh das Feuerzeug zwischen den Fingern und lausche wieder nach dem Regen draußen, jeder Tropfen eine Minute, sechzig wären eine Stunde, eine ganze Nacht ein Leben. Man müßte mal die Tropfen zählen. Einen Augenblick lang hoffe ich auf verregnete Jahre.

Dann zünde ich mir die nächste Zigarette an, der Kühlschrank schaltet sich wieder aus, das Geschirr auf ihm klappert leise. So eine Oma hat wenig Platz, sage ich laut und wenig Zeit und gar nichts zu sagen, wenn sie nicht gerade brüllt. Die Altersheime mit Bananen vor den Wahlen fallen mir ein, und daß ich mir das schon immer mal angucken wollte. Ich puste den Rauch gegen das Glas des Fensters. Draußen ist es jetzt still geworden. Das mit den Regentropfen ist ein blöder Gedanke und du läßt bestimmt die Zettel im Auto liegen. Im Flur klingelt das Telefon, ich geh mit langen Schritten und heb ab: Ja, du noch mal? Was? Du kommst gar nicht? Am anderen Ende ist es eine Weile still, dann legst du auf und ich starre auf den Hörer. Der Regen hat aufgehört, denke ich, der Regen hat aufgehört.

Der Wasserfall

Wie ist das bloß gekommen, eine verrückte Situation, das Bein schmerzt. Jedes Ziehen schmerzt, und wie sie gerufen haben, kein Wort war zu verstehen. Aber es rauscht auch zu laut, und es spritzt ins Gesicht. Manchmal kommen solche Wogen, von außen sieht man das gar nicht oder von oben. Da fließt immer alles gleichmäßig. Aber das stimmt nicht. Die Wogen sind tückisch, das Wasser steigt für ein paar Minuten ein paar Zentimeter. Das kann schon reichen, ein paar Zentimeter, eine verrückte Situation. Nur gut, daß Sommer ist. Das Wasser ist zwar kalt, kalt genug jedenfalls, aber im Frühjahr oder Herbst wäre es bestimmt schlimmer. Naja und die Jeans und der Pullover, das wärmt doch ein bißchen, wenn man still hält. Wer hätte das gedacht. Sie werden bestimmt bald Hilfe geholt haben. Diese Wogen, es kann ja sein, daß sie stärker werden, ein paar Zentimeter mehr die paar Minuten lang, das reicht dann schon. Es wäre zu dumm, hier zu verrecken. Wenn der Fuß loszukriegen wär, aber die Schmerzen sind höllisch, eine Ohnmacht, dann würde das Gesicht untertauchen und das wär's dann. Jetzt kommt wieder eine Woge, woran das bloß liegt. Steigt das Wasser diesmal höher? Es steigt, also die Arme ausbreiten und paddeln und den Hals lang machen, man kriegt richtig Übung. Wie lange geht das nun schon, eine halbe Stunde? Die Uhr hat den Geist aufgegeben, schon nach ein paar Minuten, WASSERDICHT war wohl nur Werbung. Scheiße, Werbung ist Scheiße. Hier kann man brüllen, und keiner versteht auch nur ein Wort. Die da oben denken bestimmt, daß ich nach Hilfe rufe. Aber wenigstens lebe ich, das müssen sie mitkriegen und Hilfe holen. Hier in den Bergen gibt es bestimmt kein Telefon. Vielleicht hat ja einer eins von diesen bescheuerten Handys mit, vielleicht hat einer ein Handy mit.

Laufen doch sonst überall rum, diese Typen. Einer hat bestimmt eins mit, gottverdammt, einer hat eins mit. Hoffentlich ist die Batterie nicht alle. Die Woge ist vorbei, war nur eine kleine. Das Rauschen macht einen langsam verrückt, immer nur Rauschen, Rauschen. Jetzt ist bestimmt der Hilfstrupp unterwegs. Ein Hubschrauber mit ein paar harten Bergsteigern drin. Sie haben bestimmt alle Sonnenbrillen auf. Ach, das ist egal, scheißegal. Sollen sie doch, jeder zehn, das ist egal. Aber hier unten ist das nicht mal zu hören, wenn sie kommen. Vielleicht sind sie schon da, sind sie schon da? Nein, sie sind noch nicht da, müssen ja auch erst starten. Vielleicht kann das Ding ja auch gar nicht landen hier, hier in der Nähe, und sie müssen noch zu Fuß laufen und dabei ihre Ausrüstung schleppen. Das dauert dann, das dauert dann eben ein bißchen länger. Wenn man wenigstens eine rauchen könnte. Jetzt ist bestimmt schon eine Stunde um, oder zwei? Sind es schon zwei Stunden, oder schon drei? Diese blöde Uhr, WASSERDICHT, langsam ist das Wasser doch ganz schön kalt und der Fuß, es ist eigentlich gar nicht der Fuß, es ist die Wade, es ist nicht der Fuß, wieso ist es nicht der Fuß? Verdammt, wieso ist es nicht der Fuß, das Ziehen tut weh, das geht nicht, nein, das hält ja keiner aus, und jetzt kommt schon wieder eine Woge. Arme ausbreiten und paddeln, den Hals lang machen, wirklich, man kriegt Übung, Scheiße. Die Lippen müssen schon blau sein, bestimmt sind sie blau. Als Stift mußte ich dann immer aus dem Wasser und wollte nicht. Nächsten Sommer fahr ich an die See, nächsten Sommer. Mist, nächsten Sommer, wenn die Lippen blau sind, muß man aus dem Wasser. Hört ihr, ich muß aus dem Wasser. Meine Lippen sind blau, hört ihr. Aber die hören nichts, höchstens, daß ich noch lebe. Ob der Hubschrauber schon da ist? Das Wasser sinkt wieder, langsam ist es etwas krampfig im Genick, nur locker bleiben, die paar Minuten sind zu überstehen, die paar Minuten. Was zieht denn da so an den Schultern, kommt jetzt der Felsen von hinten? Quatsch, dann würde es drücken, es zieht aber, ach, der Rucksack. Der wärmt den Rücken, ha Wärme, Mensch Wärme, die Thermosflasche, ein Becher Kaffee, der ist bestimmt noch warm, Kaffee..., mein Gott geht das schwer, die Finger sind schon steif, wenn sie doch ein bißchen beweglicher wären, so eine blöde Strippe, jetzt, na endlich, schnell, bevor die nächste Woge kommt, warmer Kaffee, vielleicht sogar noch heiß, schnell, es ist kühl am Rücken, schnell, was ist das für Krempel, wo ist die Kanne, Scheiß-Landkarten, aber die Isomatte kann man bestimmt noch gebrauchen, darf nicht wegschwimmen, da ist die Flasche, die sieht heil aus, ganz heil, Kaffee, warmer Kaffee, vielleicht sogar noch heiß, was ist das denn, Klimpern! - Nein, nein, das darf doch nicht wahr sein, doch ist es, Scheiße! Von außen sah sie noch so heil aus. Aber das meiste sieht von außen heile aus, so ist das. Kannst schwimmen, hau ab, schwimm, ha, wie der Wasserfall sie unter sich begräbt, schadet ihr gar nichts, halt, halt, au, die Wade, halt, du nicht Isomatte, halt, das Wasser, ausgerechnet jetzt, da schwimmt sie, wie der Wasserfall sie unter sich begräbt, weg ist sie, ich hätte sie doch gebraucht, das Silber nach außen und um den Bauch, das wäre bestimmt gut gewesen, bestimmt, diese Woge muß höher sein, ich hab's doch gewußt, daß sie nicht immer gleich hoch sind, sie ist höher, noch höher, so hoch war noch keine, solange ich hier stehe, ich steh schon lange hier, au, die Wade, es steigt, steigt, so lang bin ich doch nicht, es steigt.

Es ist so still, richtig still, hier ist es ganz still. Ob sie schon unterwegs sind, mit dem Hubschrauber? Nein, es ist nicht still, es rauscht nur nicht mehr, es grummelt wie die Züge in der Ferne, wir haben immer Groschen auf die Gleise gelegt, das war schön, manchmal waren sie dann größer als eine

Mark, meistens haben wir sie wieder gefunden, es grummelt wie die Züge, wie die Züge, und die Groschen, meistens haben wir sie wieder gefunden, meistens, zwischen den Brombeeren, das war schön, Brombeeren pflücken, ganze Eimer voll, ganze Eimer, und Mutter strich mir über den Kopf.

Jetzt rauscht es wieder, Glück gehabt, dabei war es gar nicht schlimm, was ist das, der Wasserfall ist so dicht, nichts kann man erkennen, aber da ist was, doch da ist was, kommen sie, endlich, mit einem Boot? Und ich dachte an einen Hubschrauber, wie dumm, ein Boot, ja ein Boot, wie einfach, na klar, sie kommen mit einem Boot, ist ja logisch, hier bin ich, hier, direkt hinter dem Fall, ganz direkt dahinter, hier, hier. Hallo, hier, nicht da hinten, hier. Gottverdammt, was wollt ihr denn da hinten, ich bin doch hier, sind die blöd, wo fahrt ihr denn hin, hier, hier, ich bin hier. Wieso hören die denn nicht, die hören nicht, nein, geht ja auch nicht, das Wasser rauscht, der Fall, klarer Fall, wo fahren die hin, die sind ja ganz woanders, woanders, he, die fahren vorbei, die fahren wirklich vorbei, die suchen mich gar nicht, die machen was ganz anderes, eine Lustfahrt vielleicht, schöne Natur, zum Wasserfall, und es rauscht so schön, ha! – es rauscht so schön und glitzert so schön in der Abendsonne. Abendsonne, verdammt, es sind wirklich schon ein paar Stunden, verdammt, ich muß hier raus, ich muß hier jetzt raus. Die haben vielleicht gar keine Hilfe geholt, die lassen mich hier verrecken, die haben mich vergessen, sind einfach weitergewandert, Abfall ist überall, ha! Ich hab bestimmt schon Fieber, alles zittert, die Hände, die Schultern, die Zähne klappern, jetzt hör' ich's, das Rauschen, alles hat es versteckt, auch die Abendsonne, ich muß hier raus, ganz schnell, jetzt gleich, ich geh hier vor die Hunde, der Rucksack muß weg, egal, dann wird der Rücken eben kalt, das ist jetzt egal, der Pullover muß auch weg, und dann tauchen, zusammenklappen, wie ein Taschenmesser zusammenklappen und nach dem Fuß sehen, wo er reingekommen ist kommt er auch wieder raus, das geht, so der Pullover ist weg, wie er schwimmt, wie ein Segel, Segel im Wasser, so und jetzt tauchen, es grummelt, nicht an die Züge denken und an die Groschen und die Brombeeren, jetzt nicht, was ist das, das ist ja gar kein Stein, das ist Eisen, wie kommt das hierher, zwei Bügel und dazwischen der Fuß, eine alte Falle, die Kette klemmt, hier, hier ist sie zu Ende, ich muß hoch, zuwenig Luft, zuwenig Platz für die Lunge, Luft, wo ist oben, warum finde ich das nicht, es ist grad eine Woge, Mist, ich hätte dran denken müssen, ja Mutter, Brombeeren, guck mal, haha, das ist gar keine Mark, nein, wir gehen immer zur Seite, wenn der Zug kommt, die Groschen fliegen nach vorne, es ist so hell, und ich bin ganz leicht, als wenn ich schwimm', im Wasser, es ist so hell, ist heute Sonntag? Ach Mutter, du brauchst doch keine Angst zu haben, die Groschen fliegen immer nach vorne.

Roman

Als die Hippies kamen, war er zu jung. Als der Hiphop kam, war sie zu alt. So hingen sie beide irgendwie dazwischen, als sie sich trafen. Sie fuhr verschämt Inline-Skates, er trug verschämt seine Haare im Zopf. Sie merkten sofort, daß sie dazwischen hingen, und spielten ihre Rollen nur eine kleine Weile – so lange, bis sie sich sagen konnten, daß das eigentlich langweilig sei. Und er hörte damit auf, den Bauch einzuziehen, und sie entfärbte sich die blauen Fingernägel.

Sonntagabend

Immer wenn es ihr schlecht ging, spürte sie den Drang aufzuräumen, Ordnung zu schaffen. Sie wusch ab, saugte Staub, sortierte die Stapel alter Zeitungen und füllte Mülltüten. Man konnte sagen, immer wenn es in ihrer Bude unterm Dach aufgeräumt war, ging es ihr schlecht. Je schlechter, desto aufgeräumter. An diesem Wochenende hatte sie ihre Bude auf Hochglanz gebracht und sogar die winzigen Fenster geputzt.

Irgendwann hatte sie festgestellt, daß das wirklich so ist und sich gedacht, daß sie nie ganz vergammeln könne, so wie es die Mutter in ihren gehaßten Vorträgen immer vorausgesagt hatte. Damals mußte es ihr selten schlecht gegangen sein.

Sie dachte lieber nicht länger darüber nach und kochte eine Kanne Tee. Dann saß sie mit der Kanne an ihrem Schreibtisch, schob einen Platz frei und stellte sie zwischen die sich türmenden Papiere. Die Schreibmaschine grinste ihr entgegen und winkte mit einer halb beschriebenen Seite. Sie goß Tee aus der Kanne in eine Tasse und trank und schaute an der grinsenden Maschine vorbei und drehte sich eine Zigarette. Dann goß sie die zweite Tasse voll und schielte doch nach der Maschine und nach dem Blatt. Es war genau so weit beschrieben, wie es herausguckte.

Sie las: Immer wenn es ihm schlecht ging, verspürte er den Drang aufzuräumen, Ordnung zu schaffen. Er wusch ab, saugte Staub, sortierte die Stapel alter Zeitungen und füllte Mülltüten. Man konnte sagen, immer wenn es in seiner Bude unterm Dach aufgeräumt war, ging es ihm schlecht. Je schlechter, desto aufgeräumter. An diesem Wochenende hatte er seine Bude auf Hochglanz gebracht und sogar die winzigen Fenster geputzt.

Jetzt stand er am Herd und wartete, daß das Wasser kochte und rauchte eine von den letzten drei Zigaretten und schielte durch das niedrige Zimmer zum Schreibtisch, wo die Schreibmaschine stand. Das letzte Blatt hatte er wütend herausgerissen und dann doch nicht in den Papierkorb geknüllt. Weiß lag es neben der Maschine auf dem ansonsten leergeräumten dunklen Holz. Dann kochte das Wasser. Er goß es in die Tasse mit dem Kaffeepulver, ging langsam zum Schreibtisch und zündete sich die vorletzte Zigarette an. Wie nebenbei fiel sein Blick auf das Papier. Er las nun doch, überflog die ersten Zeilen. Erst ab der Hälfte des Blattes erfaßte er, was dort stand:

Sie trank die zweite Teetasse leer und drehte sich noch eine Zigarette. Während sie rauchte, glitten ihre Finger mehrmals wie nebenbei und unabsichtlich über die Tasten, ohne auch nur eine niederzudrücken. Sie dachte an den Sonntagabend und die aufgeräumte Wohnung unter dem Dach und daran, daß der Typ im Haus gegenüber hinter dem Fenster gegenüber saß. Dann drückte sie den Rest der Zigarette auf dem Teller aus und schrieb:

Als er den Zettel zu Ende gelesen hatte, stand er auf, trat ans Fenster und schaute in den Abend. Im Haus gegenüber sah er wieder das Mädchen vor dem Schreibtisch sitzen, sah, wie eine Strähne ihres Haares laufend vom Ohr aus vor das Gesicht fiel und sie diese mit einer offensichtlich gewohnten Bewegung zurücksteckte. Ihm fiel auf, daß das Sehen dieser Gewohnheit für ihn schon eine Gewohnheit war und er entschloß sich, nun doch einmal das Fenster zu öffnen, zumal der Abend wirklich mild zu sein versprach. Dann setzte er sich wieder an den Schreibtisch. Durch das Fenster drang frische Luft und ab und zu das Geräusch eines vorbeifahrenden Autos. Er spannte ein neues Blatt in die Maschine und schrieb:

Als sie von ihrer Maschine aufsah, bemerkte sie, daß er sein Fenster geöffnet hatte. Solange sie ihn beobachtete, hatte er das nicht getan. Aber es war ja auch Winter. Sie stand auf und beugte sich zögernd über den Schreibtisch. Schließlich öffnete sie ihr Fenster, es quietschte. Sie sah, wie er aufstand, an sein Fenster trat und schüchtern zu ihr herüber winkte. Da beugte sie sich etwas zurück und schrieb mit dem Zeigefinger der rechten Hand: Heute ist Sonntag, ein blöder Sonntagabend. Da winkt man nicht von einem Fenster zum anderen. Er schrieb: Es gibt keinen besseren Tag um zu winken und eine aufgeräumte Bude zu vergessen, und er faltete sein Blatt zu einem Flieger und warf und schaute den Kreisen hinterher, tief hinunter zwischen die Häuser, bis auf den Boden.

Eine Frau hob das Blatt auf und faltete es auseinander und schaute an den Häusern hinauf und auf die geschlossenen Fenster, und ein Mann hinter einer Gardine sah ihr dabei zu.

Auf der See

Nö, ich werde dich nicht retten. Der Strand ist ja in Sichtweite. Ich werde dich ganz bestimmt nicht retten. Japs nicht so! Du mußt nicht so tun, als ob es dir schlecht ginge. Dir geht es nicht schlecht. Naja, du siehst ein bißchen aufgeweicht aus. Warst wohl zu lange im Wasser? Und jetzt sollen die anderen schuld sein. So seid ihr. Immer haben die anderen schuld. Japs nicht so! Ich rette dich nicht. Wer solange im Wasser bleibt, obwohl er weiß, daß er nicht gut schwimmen kann, ist selbst schuld. Hörst du, du bist selbst schuld! Niemand anders ist schuld. Du hörst mir nicht zu. Das ist klar, so seid ihr. Tust so, als könntest du dich nicht mehr über Wasser halten, nur um mir nicht zuhören zu müssen, Flasche. Denkst wohl, ich merk' das nicht! Aber ich merk' das. Mir kannst du nichts vormachen. Untertauchen und die

Augen verdrehen, mir machst du nichts vor. Dann muß man eben trainieren, wenn man nicht richtig schwimmen kann. Wenn man nicht richtig schwimmen kann, dann sollte man nicht so lange im Wasser bleiben, und so weit rausschwimmen sollte man schon gar nicht. So einfach ist das. Hast du das begriffen? Du paddelst wie ein Hund. Ich sag dir, das ist anstrengend. Ich könnte dir sagen, wie es leichter ist, sich über Wasser zu halten, könnte ich. Aber streng dich ruhig an, das trainiert die Muskeln. Die Ausdauer. Sind alle ein bißchen verweichlicht heutzutage. Du bist ein bißchen verweichlicht. Warum sollte ich dich retten? Sag mir einen vernünftigen Grund, warum ich dich in mein Boot ziehen sollte! Dahinten ist der Strand. Siehst du, da schweigst du. Da fällt dir nichts ein. Da fällt dir nur ein, den Kopf in die Wellen zu tauchen. Dabei sind heute kleine Wellen. Flasche. Aber Hundepaddeln ist wirklich anstrengend. Na gut, wenn du wieder hochkommst, sag ich dir, wie es leichter geht. Ich sag es dir, bin ja gar nicht so, nein. Obwohl ich allen Grund hätte, so zu sein. Na komm schon wieder hoch, komm schon. Ich sag dir auch, wie es leichter geht. Ist der stur! Der kommt nicht. Tut so, als ob es ernst wäre. Aber ich fall' nicht drauf rein. Da muß er sich einen anderen suchen, einen, der sich die Hose mit der Kneifzange anzieht. Davon gibt es ja überall genug. Bei mir ist er da an der falschen Adresse. Aber eins muß man ihm lassen. Hat ganz schöne Ausdauer in seiner Sturheit, der Mann. So sind sie, die Leute. Wollen Recht behalten, als wenn's ums Leben geht. Wann geht es schon mal ums Leben. Ist doch selten, daß es ums Leben geht, heutzutage. Der ist aber auch stur! Der wird noch absaufen, der Mann. Der säuft ab, nur wegen seiner Sturheit. Die Leute sind wirklich nicht mehr zu verstehen. He, nun komm endlich wieder hoch! Ich sag dir auch, wie es leichter geht.

Einkauf

Die Frau im Imbißwagen vorm Baumarkt reicht mir mürrisch Kaffee und Fischbrötchen heraus, drei Mark fünfzig. Ich spiele Unterwegs. Zu Hause hängt der Setzkasten, den du mitnehmen willst, noch in der Küche. Der, der jetzt im Auto liegt, ist etwas kleiner, dafür aber genauso schief und krumm. Ich spiele Unterwegs für eine halbe Stunde, gebe Geld aus für einen Setzkasten, weil der, der da noch hängt, nicht bleiben wird und mir die leere Stelle den Magen umdrehen würde. Aber das schafft das Fischbrötchen auch fast.

Du packst seit drei Tagen und ich steh daneben. Die Wohnung verändert sich. Überall fehlen Bilder und Kleinigkeiten, am Wochenende sind die Möbel dran. Klar, den Abschied haben wir schon lange, der Umzug, jeder in sein Zimmer. Aber jetzt fängt alles an zu fließen. Da fahre ich und hole einen neuen Kasten für die Küche und laß dich allein zwischen Wäschebergen, Büchern und Kleinigkeiten, deine Stimme im Ohr, Streit um Habseligkeiten. Ich dachte schon, daß es gut sei, wenn du endlich weg bist, und ich die Reste sortieren kann.

Das Fischbrötchen macht Durst und ich lasse mir eine zweite Tasse Kaffee geben. Am Nachbartisch steht inzwischen ein Mann und ißt Bratwurst, hinter ihm ein blaues Damenfahrrad mit Korb auf dem Gepäckträger und festgeschnallter Aktentasche darin, der Mann ißt hastig. Seine Jacke und die hellbraune Cordhose scheinen mir nicht recht zu einem Fahrradfahrer zu passen, die Aktentasche auch nicht. Überhaupt, er sieht aus wie ein Angestellter im öffentlichen Dienst.

Einige Augenblicke später fährt fast unbemerkt mit leisem Motor ein blauer Passat-Combi vor und hält genau neben dem Imbißwagen. Eine Frau steigt aus, der Mann schlingt, guckt weder nach links noch nach rechts. Die Frau ruft:

»Hallo Schatz, entschuldige, daß ich dich störe.« Sie hält ein Bündel Briefe in der Hand. Der Mann wendet halb den Kopf und verzieht keine Miene.

»Das hast du vergessen.« Sie legt die Briefe vor ihn auf den Tisch, er sieht sie nicht an. Sie drückt einen Kuß auf die sich durch das Kauen bewegende Wange. Er sieht sie immer noch nicht an. Sie steht neben ihm, dann sagt sie: »Tschüs«, drückt ihm noch einen Kuß ans Gesicht, steigt in den Passat und fährt ab. Der Mann läßt die Reste seiner Mahlzeit in den Papierkorb fallen. Dann stopft er die Briefe in seine Aktentasche. Wie er losfährt, kann ich nicht mehr sehen, auf dem Beifahrersitz neben mir liegt der neue Setzkasten.

Nausea

Ich habe mir den Schorf von der Wunde gekratzt, da war irgendwas dazwischen, das war nicht Schorf, das mußte raus. Wer weiß was das war. Es hat nicht sehr weh getan, so groß ist die Wunde nicht, jetzt läuft das Blut an meinem Bein herunter und ich staune wieder, wie das funktioniert, in ein paar Minuten neuer Schorf. Das Brennen läßt auch nach. Ich muß vorsichtig sein, daß ich den Stuhl nicht beschmiere und den Teppich, das würde nicht schön aussehen. Wenn Blut eingetrocknet ist, sieht es gar nicht mehr rot aus.

Ich hab schon größere Wunden gehabt, aber was richtig Gefährliches war nicht dabei, bis auf den Blinddarm vielleicht, den geplatzten. Doch das ist schon so lange her. Ich führe ein zivilisiertes Leben, da kriegt man keine Wunden. Nein, ich arbeite auch nicht mit den Händen, meine Finger sind dünn und geschmeidig und seit ich nicht mehr Gitarre übe, ist die Hornhaut auf den Fingerkuppen auch verschwunden. Nur die Schwabbelpolster auf den Hüften machen mir manchmal Sorgen. Früher hab ich mir die im Sommer wieder abgelaufen.

Früher, ja das ist schon so ein Wort, aber irgendwie ist das alles im Nebel verschwunden. Das weiß man ja, daß mit dem Alter die Erinnerung nachläßt. Ich hab auch keine Fotos oder sowas. Das ist eigentlich komisch, irgendwann mal hab ich fotografiert. Das ist mir neulich eingefallen, als das Gruppenbild unten im Saal gemacht wurde.

Das Blut ist jetzt eingetrocknet, ich könnte aufstehen und das Fenster öffnen. Es ist wie immer zu warm hier drinnen, aber sie hat mich wieder festgebunden. Nein, böse ist sie nicht, sagt sie. Seit ich die Gitarre nicht mehr habe, sind sowieso alle freundlicher geworden. Man muß nur ruhig sein und niemanden stören, dann geht das schon. Eigentlich war es auch albern von mir, immer bei den Spritzen so zu zappeln. Jetzt tut es gar nicht mehr so doll weh, und es kommt auch nur noch einer alleine, wenn sie mich festgebunden hat. Man lernt eben nie aus.

Ich weiß noch, der erste Tag. Das werd' ich wohl nie vergessen, wie ich mich angestellt habe und wie ich gebrüllt habe und was ich für eine Angst hatte. Aber jetzt ist alles gut, ja, es gefällt mir hier. Man muß sich doch erst eingewöhnen. Vielleicht werde ich bald nicht mehr so oft festgebunden, hat sie gesagt. Seitdem ich aufgehört hab, bei den Spritzen zu zappeln, sind alle freundlicher zu mir geworden.

Es ist schon eigenartig, wie die Zeit verrinnt, die Blätter sind schon wieder gelb. Ich würde gern mal zu den Bäumen gehen.

Frau im Mantel

Der Abend war kalt und ließ den Handschlag hastig ausfallen. Die Lautsprecherstimme sagte sehr deutlich einen Zug auf Bahnsteig acht an. Sie ging die Treppe hinauf und dachte: Gott sei Dank! Der unten blieb, schaute einen Augenblick unentschlossen und hastete dann in Richtung Ausgang. Oben angekommen, blieb sie stehen.

Die Modelleisenbahn unter Glas, mitten in der Halle, lockte einen bierbäuchigen Mann mit zwei Kindern. Alle drei starrten durch die Scheibe, bis die Mutter mit den Fahrkarten dem Mann auf die Schulter klopfte. Sein Bauch berührte ihren Mantel. Die Kinder schauten. An dem Glaskasten leuchteten gelbe Lämpchen. Die Frau sah auf ihre Uhr. Die Bäuche drückten aneinander. Ihre Hände kreuzten sich über seinem fleischigen Nacken. Dann drückte der Mann die Kinder. Die Lautsprecherstimme sagte was. Sie dachte wieder: ›Gott sei Dank‹, drehte sich um und ging auf den Bahnsteig. Der war voll mit Koffern, Rucksäcken und Leuten. Der Zug schob sich mit quietschenden Bremsen daneben. Die Türen flogen auf. Ihre Blicke irrten über Mützen und Mäntel. In der Nähe fiel sich ein Pärchen in die Arme. Eine Großmutter drückte einen langen dünnen Jungen. Dann leerte sich der Bahnsteig, Zugtüren fielen krachend zu. Die Stimme sagte wieder was. Ein Schaffner in blauer Uniform steckte seine Trillerpfeife in den Mund und hob die Leuchtkelle. Der Zug rollte an, gewann an Fahrt. Sie schaute hinterher. Im letzten Wagen stand ein Junge und starrte angestrengt auf die Gleise. Sie sah, wie zwei Hände ihn umfaßten und zurückzogen. Der Bahnsteig wurde still. Sie stand mit weißem Atem vor dem Mund, bis ihre Hand in die Tasche griff und eine Zigarette zwischen ihre Lippen steckte. Sie sah der Hand zu, wie sie wieder in der Tasche verschwand.

Nach ein paar Zügen verschwamm alles vor ihren Augen. Ein Elektrokarren fuhr summend vorbei. Die Anzeigetafel ratterte. Ihre Füße drehten sie langsam um und gingen mit ihr zu einem Imbißstand. Ihr Mund sagte: »Einen Kaffee.« Neben ihr bellten sich Männer eine Unterhaltung zu. Der Kaffee war heiß, dünn und schmeckte nach Fit. Die Blicke der Männer streiften ihren Mantel. Sie dachte nichts, als sie ging.

Chanson du Montmartre

Eine melancholische Melodie im Dreivierteltakt, Töne, die an Meer erinnern, an regenbeperlte Scheiben eines Hotels im Herbst, wenn alle weg sind, an gebogenes Gras auf Dünen unter tiefhängenden Wolken, an leere Stühle und Tische, auf denen weiße oder rote oder blaue Kerzen nicht brennen, an eine Kellnerin, die mit der Küchenfrau leise schwatzend hinterm Tresen steht und nur von Zeit zu Zeit einen Blick zu dem da sitzenden, einzigen Gast wendet, an segelnde Raubmöwen über grauen, gischtigen Wellen vor nebelnahem Horizont, diese melancholische Melodie im Dreivierteltakt, diese Töne, die französisch sein sollen und es vielleicht auch sind, gespielt vor den speisenden Gästen unter den Bäumen des Montmartre, gespielt von den geschwärzten Fingerkuppen der Straßenmusikanten, gespielt vom Klappern der Kaffeetassen, Weingläser, den Schritten von Frauen, von Männern, die ihnen folgen und Münzen in Hände drücken, und nicht wissen warum, und vielleicht doch wissen, dreiviertel, dreiviertel und Moll, eine Mischung, die werden läßt, ein wenig Sehnen in der Brust, ein wenig Straße, ein wenig Ferne, ein wenig Meer hast du mir geschickt, mitten in diesen Scheiß-Herbst.

Vormittag

Der Abend war ein schöner Abend gewesen. Er mochte es, wenn sich die Gespräche ineinander verfingen, sich ins Endlose zu dehnen drohten, die Gesichter eine leichte Röte überzog wie vom Wein, auch wenn nur Kaffee getrunken wurde oder Tee. Dann war er gegangen, weit nach Mitternacht. An der Tür der Abschied hatte nach der Herzlichkeit geklungen, die er mitnehmen konnte, ins Auto und an den Nachtschalter der Tankstelle und in die Schritte vom Parkplatz zur Haustür.

Die Dunkelheit war mild für die Jahreszeit, und er war langsam gelaufen unter den Straßenlaternen und hatte sich noch eine Zigarette angezündet und war um das Haus gebogen, am Spielplatz vorbei, und hatte nach dem Schlüssel getastet, als es neben ihm in den Büschen raschelte.

Zwei vorn, zwei hinten, die Hände in den Jackentaschen. Finster dreinblickend hatten sie ihn umringt, und er war erschrocken stehengeblieben.

Wortlos hielt der Anführer die Hand auf, und er hatte den Kopf geschüttelt und noch den Kopf geschüttelt, als sie ihn zu Boden getreten hatten, er auf dem Bauch lag, ein Knie im Nacken.

Sie durchwühlten alle Taschen, fanden seinen Ausweis, den Schlüssel, Zigaretten und ein paar Münzen und standen dann wütend und ratlos und enttäuscht um ihn herum. Er setzte sich auf und betastete sein schwellendes Gesicht und seine Rippen und seine Arme und seine Waden und wunderte sich, daß er nicht blutete. Sie sahen ihm zu und schwiegen. Sie sahen ihm zu, wie er aufstand und schwiegen, und er nahm dem Anführer wortlos den Ausweis aus der Hand und den Schlüssel und steckte beides in seine Jacke zurück. Dann winkte er und ging, und sie folgten ihm, folgten ihm bis vor die Haustür, sahen zu, wie er aufschloß, folgten ihm die Treppe hinauf bis vor die Wohnungstür, sahen zu, wie er aufschloß, folgten ihm in den Flur, sahen zu, wie er sich auszog, die Jacke und die Schuhe, und in die Küche ging und Kaffeewasser aufsetzte.

Als der Kessel pfiff, hatte er fünf Tassen auf den Tisch gestellt und die vier saßen klobig und jung in seiner Küche und schwiegen und fingen nun doch an zu staunen. Er merkte es und goß das siedende Wasser in die Tassen und schwieg. Und sie tranken und er stellte einen Aschenbecher dazu, und der Anführer holte die Zigaretten hervor und sie rauchten.

Als sie schliefen, dachte er daran, daß er die Stadt wechseln müsse und schleifte einen nach dem anderen durch das Wohnzimmer zum Balkon. Sie lagen nebeneinander, wie Soldaten im Schützengraben liegen. Er kippte einen nach dem anderen über die Brüstung und lauschte dem klatschenden Aufprallen. Dann raffte er ein paar Sachen zusammen, verschloß die Wohnung und ging die Treppe hinunter und verschloß die Haustür und ging den Weg an ihnen vorbei zu seinem Auto. Sie lagen still wie Erdhaufen. Er stieg ein und zündete sich eine Zigarette an und fuhr los.

Ein paar Jahre später war er wieder in der Stadt und kam in sein ehemaliges Wohnviertel, es war Sommer und ein sonnendurchfluteter Vormittag. Er stellte sein Auto auf den Parkplatz und ging um das Haus. Vor der Tür tastete er nach dem Schlüssel. Er wunderte sich etwas, daß er noch paßte und schloß auf und ging die Treppen hinauf und schloß die Wohnungstür auf und trat in den Flur seiner Wohnung und ging, ohne sich auszuziehen, in die Küche und in das Wohnzimmer und auf den Balkon. Unten trugen die Bäume und Sträucher sattes Grün. Er beschloß, in der Stadt zu bleiben, da er hier nun schon einmal eine Wohnung hatte und ging in die Küche und setzte Kaffeewasser auf.

Als es klingelte, öffnete er die Tür und ließ die vier eintreten und stellte zu der Tasse auf dem Tisch noch vier, und der Kessel pfiff, und sie tranken und rauchten und schwiegen.

Wahrnehmung

Neubaugebiet mit Sonne, überraschende Plastizität, Wechselspiele, Licht und Schatten, Bäume mit hellgrünen Blättern, Frühling. Auch durch ein Neubaugebiet geht es besser mit Sonne, an irgendeinem Vormittag in der Woche. Schritte sind langsamer, trotzdem sie mehr schwingen, und in dem Licht sehen Penner auf Bänken grünender Inseln nicht ganz so pennerhaft aus, weil, es ist wärmer als vorgestern und Dasitzen mit geschlossenen Augen versteht sich eher als sonst, auch wenn die verschossenen Gesichter krasser hervorstechen im Licht.

Gehen, Zigaretten holen, der Weg von der Wohnung zur Kaufhalle ist nicht nur der Weg von A nach B, gehen, offene Jacke und die in der Sonne aufgeweichte Zeit, gehen und Blicke austeilen, Blicke empfangen, den ein oder anderen grüßen, den man sonst nicht grüßt, sich grüßen lassen, mit einem flüchtigen Nicken etwa, von Leuten, die einen sonst nicht grüßen, auch wenn die Zeit, die zeitliche Verschiebung mit Sonne, begrenzt ist, jedes Jahr, begrenzt durch Gewöhnen an Licht und Schatten in krasserer Form, und eines davon ist, daß Penner auf Bänken wieder nur Penner sind, die mit Bierbüchsen in ihren Händen sitzen und warten, daß der Tag vergeht, einer nach dem anderen, bis die Blätter dunkelgrün werden und dann gelb.

Aber es ist gerade Frühling und Gewöhnen dauert noch ein bißchen und vielleicht dehnt es sich auch, in diesem Jahr, wo die Sonne zaghaft wie ein Mädchen geht, ein Mädchen, das zwischen den Geschäften bummelt und denkt, daß es in diesem Stadtteil nicht modern ist, so zu gehen.

Ein Neubaugebiet ist nicht weich. Die Linien der Häuser sind hart und kantig und drängen in die Schritte der Passanten. Nur, daß die Sonne Kanten verschiebt, macht weich. Der Spaziergang mit dem Sonnenmädchen an Leuten vorbei, und an Geschäften, mit einer der gekauften Zigaretten zwischen den Lippen, ist körperlich, das Fassen zweier Hände wie bei einem Spiel, wo man sich anfaßt und den Druck der anderen Hand spürt. Heimliche Zeichen geben, den Schritt beschleunigen etwa oder anhalten ist das Spiel, bei dem die Verkäuferin eines Gemüseladens statt eines Bundes die ganze Tasche vollstopft mit grüner, frischer Petersilie, was auch ganz einfach ist, denn es sind ja zwei da, und das Grün muß für beide reichen. Spiel, bei dem vor allem durch die Beinmuskeln ein Ziehen fährt, die wissen, daß sie nachher oder gleich rennen werden, und wenn es nur die Treppenstufen im Schatten des Hausflures sind.

Und dann gehe ich durch die Tür in A hinein. Natürlich hat sich in der halben Stunde nichts geändert. Es ist niemand in der Wohnung gewesen, es hat niemand eingebrochen, aber ich gehe zwischen den Wänden hindurch und reiße die Balkontür auf, und in A schwingt der Weg nach B, Sonne als Berührung, Geräusche von Pennern auf grünenden Inseln, sonst nicht gegrüßte Leute. Und die Petersilie duftet.

Erlkönig

Die Kneipe liegt im Halbdunkel und durch die dicken Gardinen fällt auch kein Licht in die Nacht. Die Kellnerin schaut auf die Uhr und dann auf die verwaisten Tische im Schankraum. Nur in zwei Ecken sitzen noch Gäste, zwei Pärchen, eins hier, eins da, die in der Nähe des Tresens spielen Schach und streicheln sich ab und zu mal. Die zwei anderen reden nur und manchmal fällt ein halblautes Lachen in den leeren Raum zwischen die Töne aus den winzigen, scheppernden Boxen. Neil Young, der wird überall in den Minuten gegen Ende bemüht.

Die Schachpartie dehnt sich und die Kellnerin schaut wieder auf ihre Uhr. Es sieht nicht so aus, als sollten die zwei noch fertig werden. Gelangweilt zuckt sie die Schultern, denkt an den Nachhauseweg und geht mit langsamen Schritten in den Hinterraum, ihre Sachen zurechtlegen, da knarrt die Eingangstür. Sie murmelt leise: »Mist«, und schielt auf ihre Kasse. Noch drei Minuten bis zur Abrechnung. Das muß nicht sein, daß jetzt noch Gäste kommen. Im Schankraum ist es plötzlich still. Im ersten Augenblick denkt sie, daß die Kassette zu Ende ist, im zweiten, daß da was anderes schuld ist, denn Neil Young jault nach wie vor leise vor sich hin. Neugierig tippelt sie an den Tresen vor und wird belohnt. Mitten im Raum steht ein Lockenkopf und starrt auf die beiden mit dem Schachbrett. Das Mädchen hat große Augen vor Schreck, das Gesicht ihres Freundes kann die Kellnerin nicht sehen, er sitzt mit dem Rücken zu ihr. Der Lockenkopf starrt, das Mädchen starrt zurück, durch die krumm dasitzende Gestalt ihres Freundes läuft eine Bewegung. Zu gern würde sie jetzt sein Gesicht sehen. Dann erscheint ein zweiter Lockenkopf, der ist groß, breit und seine blonden Haare fallen ihm bis auf die Schultern. Er steht neben seinem Freund und schweigt. Durch den Körper des am Tisch sitzenden läuft eine zweite Bewegung, und sie sieht, wie er sich nach hinten beugt, und die Arme hinter dem Kopf verschränkt. Das Mädchen spricht ein paar leise Worte, und die beiden stehenden setzen sich zu den Zweien an den Tisch. Die Stille knistert etwas, die Schachpartie geht weiter. Die Figuren werden nun hastig gesetzt, und die Kellnerin denkt, daß sie es wohl doch noch schaffen werden in den letzten paar Minuten. Augenblicke später steht der Freund des Mädchens vor ihr am Tresen und hält ihr mit einem komischen: »Ich hab verloren« das zusammengeklappte Schachbrett hin. Einen Moment lang bedauert sie ihn, wie er da steht und mit der linken Hand in seinem Zopf spielt. Hinter seinem Rücken steht das Mädchen auf und geht, ohne einen Blick von den beiden am Tisch zu lassen, durch den Schankraum in Richtung Tür. Ihr Freund dreht sich um und verhält einen winzigen Moment. Zu gern würde die Kellnerin jetzt wieder sein Gesicht sehen, aber er kehrt ihr den Rücken zu. Nur daß er die Hand aus seinem Zopf genommen hat bleibt ihr zur Begutachtung. Dann gehen die beiden, und die Lockenköpfe am Tisch starren vor sich hin. Ein paar abgehackte leise Sätze fallen, dann gehen sie auch. Die Kellnerin steht unschlüssig vor ihrer Kasse, ihr Blick klebt an der noch knarrend schwingenden Tür. Sekunden später drückt sie energisch und hart auf die Abrechnungstaste. Die Lade springt scheppernd auf. Das Pärchen am anderen Tisch erhebt sich schweigend, der Recorder macht Klick, und es ist still. Draußen hört sie sich mischende und entfernende Schritte.

Die Kneipe

Ich weiß nicht, wie ich in diese Kneipe kam. Jedenfalls saßen die alle da und hatten ihre Herzen vor sich auf die Tische gelegt, lauter kleine mickerige Dinger. Der Kellner kam und fragte, wo ich mich hinsetzen wolle. Ich schüttelte den Kopf. Ich wollte mich nicht setzen, und mein Herz wollte ich auch nicht vor mich auf den Tisch legen. Der Kellner zuckte die Schultern und ging, und ich fragte mich, was er wohl zu kellnern hätte, Herzblut vielleicht. Aber aus den mickerigen Klumpen auf den Tischen war bestimmt nicht viel herauszuholen. Da hatte es sicher seinen Grund, daß ich mich setzen sollte. Ein Klumpen mehr wären ein paar Kubikzentimeter mehr Saft, und gerade die würden den Kellner vor der Arbeitslosigkeit retten. Sofort kam ich mir schuldig vor. Was hätte es mir schon ausgemacht, mich zu den anderen zu setzen, eine traute Gemeinschaft, immerhin, hier schienen alle gleich zu sein. Aber mein Schuldgefühl hielt nicht lange vor, ein neuer Gast kam nach mir durch die Tür, und ich mußte ein Stück zur Seite rücken.

Der Gast blieb neben mir stehen und wartete bis der Kellner kam. Er wurde neben eine dicke Frau plaziert. Neugierig reckte ich den Hals; ich wollte sehen, wie er sein Herz herausnimmt und vor sich auf den Tisch legt. Aber der Gast tat gar nichts. Er saß bloß in seinem Mantel neben der dicken Frau und starrte vor sich auf den Tisch. Dann kam der Kellner mit einem Tablett. Aha, dachte ich. Jetzt nimmt er es heraus und quetscht den Saft in ein Glas. Aber der Kellner brachte eins von den mickerigen Dingern. Der Gast nickte, der Kellner legte es hin und verschwand wieder. Schade, dachte ich. Es sind gar keine richtigen Herzen. Da konnte ich auch gehen. Ich drehte mich um und ging.

Treppe

Sonnabendmorgen, Sonne. Aus allen Ecken und Enden des Hofes scheppern Kochtöpfe und Radios. Zurückgezogene Gardinen lassen Luft in Wohnungen. Auf dem Pflaster streiten sich Spatzen um ein weggeworfenes Brötchen.
 Sie zieht ihre Arme zurück unter die Decke. Später Duschen, Frühstück, Abwasch. Danach Blecheimer und Lappen für die abgetretenen Stufen des alten Hausflurs. Nach der Hälfte Pause, Rauchen, Anlehnen ans Geländer, Schauen durch das Fenster in den postkartenblauen Himmel, über Dächer und Schornsteine. Unten geht die Tür. Schritte kommen herauf, Poltern, Kichern, immer höher, bis zu ihr, bleiben stehen, sehen sie und die nasse Treppe.
 »Na los! Jetzt müßt ihr fliegen.« Ein Augenblick Unschlüssigkeit, dann breiten sie die Arme aus, Spatzenflügel, und für einen ganz kleinen Moment denkt sie, daß sie es wirklich können.
 Sie raucht noch, da kommen die nächsten Schritte, langsam, bedächtig, mühsam. Die Oma, die dazu gehört, steht wie die Kinder. »Na los, jetzt müssen Sie fliegen!« Ein Lächeln gleitet über das runzlige Gesicht. Dann breitet sie ihre Arme aus.
 Die nächsten Schritte poltern, eilig stampfend, der Flur hallt davon wider. Anzug, Glatze, Goldbrille und Aktentasche schnaufen heran und verhalten mürrisch.
 »Fliegen müßte man können.«
 Die Kinder kommen zurück, biegen um die Ecke, breiten ihre Arme aus. Im Gesicht des Vertreters zeigt sich ein verdatterter Zug. Dann fliegt er.

Viertelstunde

Regnerischer Vorfrühlingsabend, überfüllte Innenstadt, Auto an Auto im Schrittempo, hastende Passanten, alle haben es eilig. Gisela Rauh strebt ihrem eingeklemmt parkenden Wagen zu, hastige Züge aus der Zigarette vor sich hinpustend und froh, aus dem dicksten Getümmel hinaus zu sein.

Da steuert sie auf sie zu, klein, hübsch, mager, und zwingt sie, stehen zu bleiben, indem sie sich genau vor sie hinstellt. Mit einem geradezu tonlosen Stimmchen, fast nur durch spitz ausgesprochene Zischlaute zu hören, fragt sie nach einer Mark, für Essen.

Giselas Hand zuckt automatisch in Richtung Hosentasche. Doch irgend etwas stimmt nicht. Und obwohl sie nicht weiß was, sagt ihr Mund: »Hab selber kein Geld.«
»Ich wünsch' dir, daß es dir mal so richtig beschissen geht«, sagt das Mädchen und dreht ab.

Verdutzt bleibt Gisela Rauh stehen und schaut zu, wie sie sich vor eine andere stellt und Geld bekommt. Beim Abwenden spürt sie den triumphierenden Blick in ihre Richtung. Ein paar Schritte weiter meint Gisela Rauh, daß die Masche vielleicht doch gar nicht so schlecht sei, das kleine, magere, hübsche Mädchen. Obwohl sie natürlich viel zu gut angezogen ist. Dann sieht Gisela die beiden Jungen mit der Jacke in der Hand, die grinsend der Szene zugeschaut haben mußten, und die auch jetzt noch grinsen. Nach noch ein paar Schritten hält sie an, dreht sich um, wirft die aufgerauchte Zigarette auf den Beton und entzündet eine neue. Das Mädchen übergibt Geld und steuert auf die nächste Passantin zu. Das wiederholt sich in der kommenden Viertelstunde einige Male. Gisela Rauh raucht vier Zigaretten. Dann verschwindet das Mädchen mit den beiden Jungen in Richtung Marktplatz. Im Gehen zieht sie ihre Jacke wieder an.

Gisela Rauh geht auch und denkt, daß, wenn sie das Wort Essen weggelassen hätte, sie ohne Nachdenken die Mark gegeben hätte. Das Spiel war zu übertrieben, das stimmte nicht.
Doch auf der Heimfahrt über regennasse Straßen durch den dunkelnden Abend stutzt sie. Zu übertrieben? Das hieße doch, daß sie, Gisela Rauh, gefälligst etwas cleverer angebettelt werden möchte. Die Zufriedenheit mit ihrer Reaktion schwindet. Sie fährt ungeduldig und schnell. In einer Kurve unter einer Brücke rutscht der Wagen. Der Schreck läßt sie die Bremse treten. Und mit dem Treten und der langsameren Weiterfahrt findet Gisela Rauh, daß sie etwas über sich gelernt hat.

Morgen

Halb sechs, gestern ist er mit ihm eingeschlafen, heute morgen neben ihm aufgewacht, einen schalen Geschmack im Mund von ungeputzten Zähnen, und mit Hose, T-Shirt und Socken, Sachen, die nicht fürs Bett sind.
Er schnauft leise, und er stiehlt sich aus dem Bett in Richtung Küche. Da erst fällt sein Blick auf die Uhr und dann aus dem Fenster, Sonnenaufgang.
Ein paar Minuten später Kaffee kochen, Zigarette drehn und der Finger zuckt zur Radiotaste. Draußen ist immer noch Sonnenaufgang. Die Wolken glänzen hellrot und gelb und zwischen den Neubauten, durch das angekippte Fenster kann er Hunderte von Vögeln hören. Der Finger läßt das Radio aus. Die Sonne ist jetzt wie ein Scheinwerfer und blendet ein bißchen. Er sitzt am Küchentisch, vor sich den Kaffee, und starrt hinaus. Außer den Vögeln kein Laut. Sie hängen in den Birken und Kastanien vorm Haus wie

schwarze Äpfel, die Zweige biegen sich. Ihm kommt der Gedanke an Tausende in ihren Waben schlafende Menschen, derweil fliegen zu den hunderten Vögeln auf den Bäumen Tausende von links nach rechts durch die morgendlich klare Luft. Es sieht komisch aus. Sicher, er weiß warum Vögel fliegen können, nur heute morgen kann er die Luft nicht sehen. Einen Augenblick später denkt er, daß er da was verwechselt. Dann erhebt sich der Schwarm von den Bäumen, und die Äste biegen sich wieder gerade. Bis hin zu den Hochhäusern der Innenstadt flattern schwarze Punkte, unheimlich räumlich wirkt alles dadurch. Dann fällt sein Blick auf den Tisch vor ihm, und er erinnert sich an den Kaffee und dreht eine neue Zigarette. Im Kinderzimmer regt sich etwas, und er geht hinüber und zieht dem Sohn die Decke über die Arme.

Die Sonne ist inzwischen halb hinter einer Wolke verschwunden und durchleuchtet diese. Das Licht wird etwas diffus und kälter. An der Straße vorn hält eine Bahn.

Er zündet die Zigarette an und schlürft vom Kaffee, unten klappt eine Autotür, ein Motor springt an. Brummend verläßt der Wagen den Innenhof, er denkt: es muß ein rotes Auto sein, hat aber keine Lust nachzusehen. Der Fahrer hat keine Zeit für Sonne und Vögel, und er möchte mit ihm nicht tauschen, auch wenn der so früh wahrscheinlich zur Arbeit fährt, und er also mit ihm tauschen wollen müßte.

Inzwischen kommt ein neuer Schwarm Vögel und streicht elegant wie ein Körper über das Dach des Hauses rechts. Er dreht die dritte Zigarette und sein Finger will zum Radio. Es kostet ein kleine Anstrengung, ihn auf dem Tisch zu lassen, gefolgt von einem Schmunzeln und einem Staunen über das Mechanische daran. Es ist jetzt sechs, er wird noch früh genug mit den Nachrichten dieses Tages überschüttet werden. Dann wandert sein Blick zum Kalender an der Wand, Sonnabend, der dritte August. Auch so eine Mechanik. Sonnabends schlafen die Leute länger, und er überlegt, ob er den Sohn wecken und mit ihm auf dem Fahrrad zum See fahren soll, der jetzt still und einsam sein müßte. See und Morgensonne und Sonnabend, das ist eine Mischung, die sie noch nicht hatten, er und er. Aber der Junge schläft so schön unter die Decke und ins Kissen gekuschelt. Obwohl, es würde keine müde Mark kosten, höchstens eine Schachtel *tictac* an der Tankstelle.

Sein Blick fällt wieder durch das Fenster auf den Himmel draußen, Sommermorgen, und in der Stille zwischen den Neubaublocks liegt etwas Dörfliches. Früh aufstehen hat auch etwas Dörfliches. Er wird ihn wohl doch wecken und ihm die Vögel zeigen, wenn sie inzwischen nicht weggeflogen sind. Wenn er bloß wüßte, ob seine Mutter bei ihrem Auszug eine von den beiden Luftpumpen dagelassen hat, das Hinterrad hätte es dringend nötig, auch wenn ihm das „Quaaken" unter ihrer beider Gewicht auf dem MiFa-Fahrrad Spaß macht. Mit dem Auto werden sie jedenfalls nicht fahren, da hätte er auch das Radio einschalten können.

Stuhl im Café Maître

Wenn es einmal zu sehen gewesen wäre, gut hätte ich gesagt, das ist eben so. Sie sitzt mit übergeschlagenen Beinen und trinkt seinen Wein. Er sitzt und redet. Er ist von der lieben Sorte, lieb und alternativ, Strickpullover, vielleicht auch Folklorehemd, auf jeden Fall Bart, eventuell Zopf. Sie ist, da gleichen sie sich, nicht mehr ganz frisch. Aber noch ist sie nicht häßlich, es ist die Zeit wo es Zeit wird, da schaut man und läßt so einiges über sich ergehen, nicht wahr? Aber er hat einen Fehler, er ist wirklich lieb, und er meint es ernst. Doch noch ist sie nicht häßlich, vielleicht etwas füllig schon, aber nicht häßlich, da lohnt es, nach mehr zu schauen. Und in ihrer ganzen Haltung ist zu sehen: ›Trottel, dich nicht, wenn es nicht sein muß. Du bist höchstens die Reserve, wenn wirklich nichts mehr geht.‹ Jeder kann das sehen, das Café ist nicht groß. Und alle sehen es, nur er nicht, natürlich. Wie das so ist.

Wenn es einmal zu sehen gewesen wäre. Doch dieser Tisch gleich neben der Tür zum Glastresen scheint es in sich zu haben, dieser Tisch und dieser Stuhl, mit der Lehne zum Raum gedreht, so daß der, der darauf sitzt, seinen Rücken den anderen Gästen zeigt. Er kann nichts sehen, der Stuhl gegenüber ist dagegen ein Ausguck. Auf diesem Stuhl zählte ich bislang sechs nicht mehr ganz frische Frauen, bei jedem Besuch eine neue. Auf dem anderen zählte ich sechs Rücken, bei jedem Besuch einen neuen. Nie würde ein lieber Pulloverträger, so scheint es, den besseren Platz für sich beanspruchen. Er dreht den Rücken in den Raum und sieht nur sie. Und sie schaut an ihm vorbei. Er versteht das natürlich und gibt sich Mühe, unterhaltend zu sein. Aber er hat keine Chance, der liebe arme Idiot. Und da, denke ich, muß an diesem Stuhl was sein. Irgend etwas stimmt damit nicht. So viele Trottel nacheinander kann es doch gar nicht geben.

Ich gehe also, der Vormittag ist verschneit, es ist Winter, Jahresanfangszeit, draußen rutschen die Autos mit Licht durch die Liebknechtstraße, aus der Schweiz kommt eine Lawinenmeldung nach der anderen, das Café ist halbleer, der Tisch, der Stuhl sind unbesetzt. Ich setze mich. Auf den Ausguck. Der Platz ist tatsächlich sehr gut, das Café liegt auf dem Präsentierteller. Auch der Blick durch die fast bis zum Boden reichenden Scheiben ist nett, eine Straßenbahn spuckt Leute aus. Der Stuhl der lieben Trottel steht und grinst: ›Na, traust dich wohl nicht auf mich?‹ ›Wieso sollte ich‹, sag ich. ›Bin doch allein hier.‹ ›Na und‹, sagt er. ›Kann ja noch jemand kommen, nicht? Kommt doch öfters mal jemand, in so ein Café.‹ »Ich sitze gut hier«, sag ich. »Wie bitte?« fragt die Kellnerin. »Schwarztee mit Kandis«, sag ich. Sie geht. Der Stuhl grinst. Ich schaue ihn mir an, er läßt sich gern beschauen, wie es scheint. Nach einer Weile kommt mein Tee. An dem Stuhl ist nichts zu sehen, ein Stuhl eben, genau so einer, wie alle anderen im Café, dunkles Holz, grüne Polsterung, die Lehne biegt sich weit um die Hüfte herum und schränkt etwas ein.

›Na, was ist?‹ sagt er. ›Willst du es nicht mal probieren? Bist extra am Vormittag gekommen. Soll doch nicht umsonst gewesen sein, oder?‹ ›Laß mich in Ruhe‹, sag ich. ›Mir reicht, was ich sehe. Muß dich nicht ausprobieren.‹ ›Ach so?‹, sagt er. ›Dann steht es wohl gut mit dir?‹ ›Wie meinst du das?‹ ›Nun, bist also nicht auf der Suche, bist ja auch nicht mehr taufrisch.‹ »Bin versorgt«, knurre ich. ›Sei froh‹, antwortet er. »Wie bitte?«, fragt die Kellnerin. »Ein Croissant«, sag ich. Der Stuhl grinst. »Ist hier noch ein Platz frei?« Ich schaue überrascht auf. Sie ist groß und etwas füllig, aber sie sieht verdammt gut aus für ihr Alter. Der Stuhl grinst unverschämt als ich nicke. Dann kann ich von ihm nicht mehr viel sehen, sie hat sich gesetzt und ich stelle mir ihren Rücken vor, wie er sich den anderen Gästen zeigt. »Würde es ihnen etwas ausmachen, die Plätze zu tauschen?« fragt sie. Das Croissant kommt. »Nein«, sag ich. »Wie bitte?« fragt die Kellnerin. »Danke«, sag ich, »stellen sie es bitte hierher.« Die Kellnerin geht. Sie zieht die Augenbrauen hoch. »Ich bleibe hier sitzen«, sag ich. Der Stuhl röchelt: ›Feigling!‹ »Selbsterhaltungstrieb«, knurre ich. Sie lächelt irritiert: »Störe ich?« »Wer kann das wissen«, sag ich.

An eine flüchtige Bekannte

Liebe Frau, ich geb ja zu, ich hatte lange keine Frau. Ich würd' schon gern über den Hügel streichen und zwischen warme, feuchte Haut und Brustwarzen zwischen den Lippen drehn und Beine auseinanderdrücken. Aber, liebe Frau, du bist nicht die Frau, du hast nicht den Hügel, und die Brust hast du auch nicht. Wenn mein Blick einen Augenblick lang an deiner Hose hängen blieb, war das, weil du so komisch breit gebaut bist und weil die Hose zwischen deinen Beinen so sehr schnürte. Nein, ich mache mir keine Sorgen um deine Einschnürungen und auch um deine Brust mache ich mir keine und um deinem Mund. Warum tust du so, als täte ich? Warum schnürst du dich, wenn nicht um solcher Blicke wegen? Es war nicht nötig, die theatralische Pose peinlich.

Ja, dein Mund ist nicht besonders schön und das herabhängende Gesicht auch nicht. Du kannst nicht für deine Hamsterbacken und auch dafür nicht, daß deine zu kleinen Locken gedrehten Haare das nicht verdecken können, daß sie dein Gesicht nicht schmaler machen können. Und daß ich dir die Haare zupfte, ich geb es zu, war, weil deine Augen so leuchteten, und weil der Abend warm war, ein Abend, um spazieren zu gehn.

Und du wärst gegangen, hätt' ich ein wenig schön getan. Und wir hätten uns sicher gut unterhalten, freundschaftlich, und vielleicht hätte ich dir was von meinem Kummer erzählt und du mir von deinem. Aber deine Brust ist nicht die Brust und deine Beine sind nicht die Beine, und weil du das erwartet hast, die Hauptsache, Hauptsache irgend eine, die Eine für eine Nacht, war der Abschied peinlich. Es ist halt so mit Programmierung, sie steht fein säuberlich zwischen Leuten.

Der kleine Mann

Der kleine Mann tritt zögerlich ins Bistro. Hinter ihm in der Glastür hängt die Sonne rot, vor ihm an den Tischen hängen rote Nasen im Zigarettenrauch, der Laden ist fast leer, der Nachmittag ist nicht seine Zeit, der Vormittag auch nicht, aber das weiß der kleine Mann nicht und wenn, würde es ihn nicht interessieren. Die ältere dicke Frau hinterm Aluminiumtresen wischt mürrisch über die sich spiegelnde Sonne in den Schatten des Mannes hinein und wringt den Lappen über der Spüle aus. Dann guckt sie hoch, weil der immer noch dasteht und nicht nach einem Bier verlangt oder wenigstens nach einer Bockwurst. Sie kann ihn nicht richtig erkennen, so wie er die Sonne im Rücken hat, die rote Sonne, die ihre Schwester auf dem himmelblauen braunölbemenschten weißwellenspritzenden Palmenplakat hinter ihr freundlich leuchten läßt und ihr damit etwas fast Unterirdisches verleiht.

Der kleine Mann hat einen Hut auf, Al Capone, albern; er wirkt dadurch nicht größer und sollte jetzt langsam sein Bier bestellen. Die Frau klatscht den Lappen demonstrativ in die Ecke und guckt gelangweilt neben den Mann und dann auf die Uhr. Langsam werden auch die Gäste aufmerksam, die beiden Bauarbeiter in ihren blauen Latzhosen, die grell geschminkte Oma, das alte Ehepaar und die Mutter mit ihrer Tochter im rosaroten Spitzenkleidchen und den gelben Gummistiefeln. Der kleine Mann hat einen teuren Mantel an und glänzende Schuhe und seinen Hut auf dem Kopf. Der Mantel ist hochgeschlossen, trotzdem blitzt ein weißer Kragen hervor. Die ohnehin dürftigen Gespräche an den Tischen verstummen und alle mustern den so still Dastehenden. Die grell geschminkte Oma läßt ein knarrendes Lachen hören und verschluckt sich dann an ihrem kalten Kaffee. In der Stille klingen ihre gurgelnden Geräusche und das nachfolgende Husten deutlich und scharf. Der kleine Mann wendet nicht mal den Kopf. Die ältere Frau hinterm Tresen fingert unentschlossen am Zapfhahn, die Bauarbeiter nicken ihr zu und sie füllt zwei Gläser, stellt sie auf eins der Tabletts und, was sie sonst nie macht, bringt sie an den Tisch. Jetzt kann sie das Gesicht unter dem Hut kurz sehen. Eine hervorspringende Nase, fliehendes Kinn, fliehende Stirn, ein dünnes Oberlippenbärtchen, ziemlich tief liegende Augen unter reichlich buschigen Brauen, alles in allem ein spitzes, unschönes Gesicht, das sich mit Sicherheit niemand merken würde.

Langsam schlurft sie mit den leeren Gläsern der Bauarbeiter und dem Tablett wieder hinter den Aluminiumtresen. Ihr Zapfen, ihre schlurfenden Schritte, das Geräusch der auf den Tisch gestellten Gläser, das Klirren, als sie mit Daumen und Zeigefinger in die leeren Gläser greift und jetzt das spritzende Wasser im Waschbecken, all diese Geräusche bringen wieder Leben in das Bistro. Die Bauarbeiter stoßen an, das kleine Mädchen im rosa Spitzenkleid möchte noch eine Cola, die Schminke-Oma läßt wieder ihr knarrendes Lachen hören. Niemand beachtet mehr den kleinen Mann, der immer noch reglos ein paar Schritte entfernt von der Tür mitten im Raum vorm Tresen steht.

Dann sagt die ältere Frau laut: »Woll'n se nun ein Bier oder wat is? Det is hier keine Wärmehalle.« Der kleine Mann zieht seine rechte Hand aus der Tasche und hält die Pistole an seinen Kopf, ein dünner Knall verfängt sich in den Gläsern des Tresens. Alle Gesichter drehen sich erschrocken zu ihm, alle Augen warten auf den Fall.

Der Mann läuft dunkelrot an, reißt den Mund auf, als schnappe er nach Luft, die Tresenfrau schließt die Augen. Ihre Hände klammern sich an die Kante, über die sie vor ein paar Minuten gelangweilt gewischt hatte. Dann klappt die Bistrotür. Von draußen dringt schrilles Lachen.

Nichts, also alles, im März 99

Draußen fährt ab und zu ein Auto vorbei, es ist wieder mal Nacht. Ich bin wieder mal überfüttert, also leer. Aber der Frühling steckt seine Fingerspitzen, grün und klein, schon ein wenig in die Luft, und die Sonne, die Sonne macht wie im vergangenen Jahr, im geflogenen Jahr, harte Schatten; Änderungen im großen Unwohl, ein Minister tritt zurück vor der Masse seines Kollegen, Grünjacken sind gewohnt im Straßenbild, weiter südlich gewinnt ein Dogmatiker eine Wahl und die Presse tritt an, Kehrt-Marsch! und in Reih' und Glied. Natürlich, jeder will seine Brötchen verdienen. Das versteht alles, was seine Brötchen verdienen muß. Feil und fern und nah, Gewohnheit kündet Ändern und der Rhythmus winkt aus der Vergangenheit, nur wird es mit jenseits der Grenze schwer. Aber es ist Nacht, stille Zeit, selbst in einer größeren Stadt. Vergnügen findet hinter Fenstern statt, auf den Straßen vergnügt sich die Stille. Verdächtig sind Leute mit Bärten und Weihnachtssterne, die man vergaß abzunehmen. Verdächtig sind Leute in alten Autos und Leute, die nicht ihrer Bürgerpflicht genügen, sei es die gewischte Treppe oder die Denunziation. Schnuffi auf, und ab durch den Sand, es macht nichts, wenn so ein Weg endet, es macht nichts, wenn euch das Wasser bis zur Unterlippe steht. Noch ist keiner an seinem eigenen Schweiß ersoffen. Die alten NVA-Unteroffizierssprüche klingen seltsam modern. Aber es ist immer noch Nacht und immer noch fährt ab und zu ein Auto, und immer noch ist es gut, sich zu vergnügen in der Nacht, immer ist immer noch, und wenn ich hinaus schaue sehe ich, wie im vergangenen Jahr um diese Zeit, friedlich schlafende Wohnzimmerfenster.

April 99

Leipzig, Nikolaikirche, 17 Uhr, Friedensgebet, trächtig – alles muß klein beginnen, ja. Strömt zu Hauf, kleiner Haufen, keine Zahl mit Tausend, und nur zwei dickbäuchige Polizisten und drei Fotografen, Regionalpresse, ein paar geübte Fotos von drei hingehaltenen Plakaten, alles, alles gibt's ein letztes Mal, alles wie Miniaturausgabe, und die Kirche im Hintergrund trägt auf ihren hohen Mauern eine frisch vergoldete Kuppel. Und so setzt sich der Zug auch in Bewegung, Spaziergängerschritt, Smalltalk, die an den Cafétischen grinsen und schauen pikiert zur Seite. Und vorn trägt einer zwei überkreuz genagelte Bretter an denen einer hängt, eingeschlagen in blaue Plastikfolie, mit Sternen drauf. Aber es ist nicht zum Lachen, Schwerter zu Pflugscharen steht auf einem der drei Plakate, und es geht um den Kosovo. Aber man hat es schwer, Pazifismus für alle und braver Schritt, kein Sprechchor, kein lauter Ton, der Zug wird nicht breiter, nicht länger. Der Zug bröckelt hinten ab. Über den Ring darf man nicht marschieren, der Verkehr, und man will ja auch niemanden stören. So spaziert man durch die Innenstadt, von einer Kirche zur anderen, und gäbe es nicht die drei Transparente, könnte man denken, das Kino sei gerade zu Ende gegangen. Alte Zeiten, das steht hier und da im Gesicht geschrieben, und alles muß klein beginnen, und die kurze Ansprache vor der anderen Kirche, der Thomaskirche, endet damit: »...und jeder, der heute hier war, bringt am nächsten Montag einen mit.« Aber zehn Jahre sind eine lange Zeit und in der Innenstadt hat sich viel getan, und der Bettler, der bei so viel Nächstenliebenden auf einem Haufen mehr Hoffnung hatte als sonst, war scheinbar der erste, der kapierte, daß hier nicht viel mehr zu machen war. Er wird wohl seine Stadt kennen und wissen, warum er bald wieder verschwand.

Gut getroffen G.

Wenn die so aufjaulen, dann mußt du recht haben. Ich hab den ganzen Dudelfunk durchgeleiert. Zuerst hatten sie noch einen Teil deiner Laudatio gesendet, dann wurde der Teil kürzer und die ersten Reaktionen fanden Platz, kurz danach wurde noch ein Satz von dir zitiert, aber es dauerte gar nicht lange, da kamen nur noch Reaktionen: ›Der intellektuelle Tiefstand eines Schriftstellers‹, ›...die letzte Reputation verspielt‹, ›keine Ahnung von der Realität...‹ – wenn es so dicke kommt, hattest du wirklich gut getroffen.

Das zum Wirtschaftsstandort verkommene Land, für das du dich schämst, weil es nichts besseres mit NVA-Panzern zu tun hatte, als sie zu verkaufen – du hast nichts weiter als das gesagt, was ist. Und auch den Satz mit der demokratisch legitimierten Barbarei kann ich nur als treffsicher empfinden. Mensch G., bis jetzt war ich wirklich nicht dein Fan, aber so, wie du sie vorführst, das ist knorrig, das ist spitz.

Weißt du G., ich war am Wochenende auf so einer mittelalterlichen Burg und hab auf die Saale runtergeschaut, um die Mauerreste ging ein laues Lüftchen und die Sonne schien und die alten Weiber des Sommers gaben sich alle Mühe, und da machte es mir gar nichts aus, am gegenüberliegenden Ufer als erstes die fetten Werbebuchstaben eines Steinmetzen zu sehen; im Gegenteil, ich fand das Makabere daran nicht unlustig: bevor du dich runterstürzt, ruf die richtige Nummer an! Ein Stück weiter prangte die Nummer einer rosigen Kneipe, auch nicht schlecht: wenn's nicht geklappt hat, gehst du eben einen saufen. Und eben dazwischen scheint's zu liegen in diesem Lande, da ist es doch erfrischend, wenn gut getroffene Hunde bellen.

Der an der Ecke

Manchmal ist es lustig. Die bezahlen und vergessen einzukaufen.

Kaufen, sowieso. Schon das AU in dem Wort, und hinten so verräterisch weich auslaufend. Aber vorne ist es hart, K, das sitzt. Ganz hinten in der Kehle. Von da hinten, da kommt es her. Du mußt bloß mal gehen, in so einen Markt. Ich mein', so wie die alle gehen, so leben die auch. Und wenn einer mal in einen Kackehaufen getreten ist, ich mein', so einen richtig großen, so groß, daß da zwei kleine Haufen draus werden, beim Reintreten, dann hält er mal an.

Für so einen Haufen muß keiner bezahlen. Fürs Reintreten auch nicht. Ist ja auch nicht zu kaufen, so ein Haufen. Aber es ist hart, wirklich, so hart wie das K.

Nur wegen dem Haufen, da ist dann Sorge. Es stinkt. Ich mein', die machen sich keine Sorgen, um die Welt zum Beispiel, das mit dem Klima, das mit der Sonne. Dreißig Minuten, dann ist Sonnenbrand. Rot, ganz schnell, rote Häute, Rothäute, da hat sich auch keiner Sorgen gemacht. Aber es gibt wenigstens ein paar schöne Filme davon, so mit Freiheit. Da können die Guten auch mal gewinnen, das ist nicht schlecht, für die Kinder, ich mein', die ekeln sich noch anders vor so einem Kackehaufen. Aber ich will nicht, daß Kinder an die Macht kommen, nein, lieber nicht, höchstens ganz kleine.

Wie die alle gehen, die brauchen gar keinen Geheimdienst, die wissen alles. Von sich wissen die alles. Ich mein', so viel kann man gar nicht wissen. Aber die wissen, wissen alles. Nur den Kackehaufen, den wissen sie erst, wenn es stinkt. Warum die erst in den Haufen treten müssen! Ich mein', so ein Haufen läuft ja auch weich aus, aber den Gestank, den tragen sie dann mit in die Hausflure.

Passant

Der Mann geht nicht. Er schiebt sich schräg über die Straße. Jeder Schritt wirkt wie eine Entschuldigung an alle. Entschuldigt, daß ich hier auf dem Bürgersteig bin, Platz wegnehme, im Weg stehe, an der Ampel. Er trägt eine schwarze Lederjacke. Die glänzt und bauscht sich über der Hose. Die Jacke ist wie ein Schutz um den dünnen Körper, das dünne Leder nicht; aber seht, ich geh mit der Mode. Seine Hose ist blau und aus Jeansstoff. Seine Hose ist eine Jeans. Die Hose schlackert um die Beine und stößt auf den braunen Schuhen auf. Auf den Gummisohlen gehen die Füße lautlos. Die Füße schlurfen nicht. Er hebt die Beine. Das hat man ihm gut beigebracht. Er schlurft nicht, er geht. Lautlos über Bürgersteige und Straßen. Vor den Augen trägt er eine Brille, so dunkel, daß man die Augen nicht sehen kann. Auch wenn die Sonne schräg hinter die Gläser scheint, kann man die Augen nicht sehen. Aber heute scheint die Sonne nicht, heute ist der Himmel grau, und die Straßen sind grau und die Häuser. Er geht an der Straße entlang, wo sonst niemand geht. Es stinkt entlang der Straße. Er geht einen leichten Abhang hinab, die Autos, die ihm entgegen kommen, geben Gas. Sie beschleunigen, den Abhang hinauf. Es stinkt. Er geht ihnen entgegen, am Rand der Straße. Hinter den Scheiben der Autos sitzen die Fahrer mit dem Fuß auf dem Gaspedal und stinken. Manchmal trifft ihn ein vorbeihuschender Blick. Manchmal bleibt ein Augenpaar an der sich schräg an der Straße entlangschiebenden Gestalt für einen Moment hängen. Hat das Auto nicht so einen großen Motor, ist der Moment manchmal etwas länger. Manchmal schleicht sich dann in die Mundwinkel ein Schmunzeln, manchmal auch ein Grinsen. Der Mann trägt eine Tüte. Auf der Tüte prangt die blaue Aufschrift einer bekannten Ladenkette. Die Tüte ist Legitimation. Die Tüte ist meist leer. Der Name der bekannten Ladenkette auf der Tüte ist Legitimation. Die schwarze Lederjacke ist Legitimation. Die Brille ist Schutz. Die Brille schützt die Augen. Nicht vor dem Licht, heute ist es grau. Die dunkle Brille schützt die Augen vor Blicken. Um den linken Arm der Lederjacke würgt sich eine Binde. Die Binde ist gelb und zusammengerutscht.

Zwei Flaschen, vier Räder

Sie legt den Hörer zurück, ein paar Worte nur, aber es reicht, um die Wohnung für die nächste Viertelstunde weit zu machen. Seine Stimme klang gut und warm.

Über den Flur ins Zimmer und dann auf den Balkon in die Abenddämmerung, die Wand fühlen, die aufgewärmte, von der Sonne ausgedörrt und staubig, die zwei Stühle, der Tisch, alles warm, dazu Mineralwasser und Whisky, eiskalt, und die Schachtel Zigaretten neben dem Steingutaschenbecher, ein Geschenk, alles ist ein kleines Fest. Sie hat die Viertelstunde. Die Büsche reichen fast wieder bis zu ihr hinauf und mit einem Schmunzeln erinnert sie sich an ihre Wut, als der Nachbar die Zweige kappte, bis zu den Wurzeln hinunter. Es ist gut. Wenn sie sich anstrengt, kann sie über die Brüstung die obersten Blätter greifen, ihre Festigkeit, ihre Biegsamkeit prüfen. Sie wird aufpassen im nächsten Herbst, auch wenn sie vor der wabbeligen Kraft unter dem blauen Kittel ein wenig Angst hat. Die Zweige sollen über die Brüstung schauen und jeden Morgen will sie sie als erstes sehen.

Sie zündet sich eine Zigarette an und legt das Feuerzeug behutsam neben die Schachtel. Der Rauch wandert langsam in der fast stehenden Luft von ihr weg. Darum beneidet sie ihn, so schwerelos, so leicht sich ausbreiten, den Ort wechseln, verschwinden, sich vermischen mit den Gerüchen der Stadt. Aber den Gedanken hat sie schon oft gedacht und eigentlich genau so oft wieder verworfen. Sie will nicht verschwinden, auch wenn sie ihr Gewicht verflucht, das sie an den Boden klebt. Wenn sie verschwände, hätte sie nicht die Viertelstunde, zum Beispiel. Sie dreht die Flasche mit dem Mineralwasser auf, es schäumt ein wenig. Die Kälte fährt ihr in den Mund, durch die Kehle und in den Magen, durchrieselt sie, und auf ihrer Stirn bilden sich kleine Schweißperlen. Unten auf dem Weg geht ein Liebespaar vorbei. Sie ist sehr jung, sehr schlank, er drahtig und breit, fast klobig. ›Sie ist zu jung‹, huscht es ihr durch den Kopf, ein Kind. Aber die Schuhe und der Rock und die weiße Bluse und ihr Gang und ihre Hand in seiner Gesäßtasche, es ist bestimmt nur der Daumen, denkt sie, sie weiß schon, wie es geht. Was soll's, was geht es sie an, sie hat jetzt ihre Viertelstunde, weil seine Stimme weich und warm war und weil sie glaubt, etwas Sehnsucht herausgehört zu haben. Sicher, die Worte waren belanglos, aber er hatte angerufen und es war nicht ausgemacht, kein Termin, keine Verabredung, einfach so. Er hatte an sie gedacht.

Sie zündet sich die nächste Zigarette an und nimmt noch einen Schluck des sprudelnden Wassers. Dann lehnt sie sich zurück und läßt den Rauch gerade nach oben steigen, guckt zu, wie er sich an der Decke wölbt und verwirbelt.

„Schön ruhig" hatte man ihr gesagt, als sie die Wohnung bezog, geradezu ideal, ruhig und sittsam, ordentliche Leute. Damals hatte sie nicht gewußt, daß es Abende geben würde, an denen sie hier in diesem Haus nach jedem Geräusch gierte. Ein Spielplatz im Hof wäre doch besser gewesen.

Langsam dreht sie sich um. Am Plattenspieler zögert sie nur kurz. Sie liegt auf, sie liegt immer auf, die Viertelstunde ist vorbei. Der Arm senkt sich langsam und die ersten Töne nach dem Knistern schallen ihr nach auf den Balkon, Klavierkonzert Nr. 1.

Sie haßt die Räder neben sich und das Knarren des Leders unter sich und das Quietschen, wenn sie sich seitwärts dreht. Ihre Hand greift zur zweiten Flasche auf dem Tisch. Der braune Inhalt gibt leise gluckernde Geräusche von sich. Der Deckel schabt etwas beim Aufdrehen. Was ist schon eine Viertelstunde.

Der Clown

Sonntag, fast noch Sommer, City, es sieht nicht aus, als ob es regnen will, jedenfalls nicht gleich. Der Platz ist voller Familien, irgendeine Messe, Waschmaschinen, die nicht so viel Strom verbrauchen sollen und Wasser.

Auf dem Platz läuft, was man so unter einem bunten Programm versteht, Kindertheater, Barbiepuppenkleiderverlosung, Luftballons und Eis, Bier und Bratwurst, Waschmaschinen und Waschpulver. Mütter sind begeistert. Der Ansager auf der Bühne hat die letzte in Folie eingeschweißte Schachtel verlost und fordert Beifall. »Und dann geht die Post ab für unsere Kleinen, gleich geht es weiter auf der Mitte des Platzes, ja gleich hinter ihnen, mit unserem Clown-Duo, es muß ja nicht alles hier auf der Bühne sein!«

Das Clown-Duo baut auf, besser, stellt sich hin, zwei geschminkte Männer, ein jüngerer und ein älterer in viel zu weiten Hosen und viel zu großen Schuhen, wir gehen lieber Pizza essen. Als wir zurückkommen, sollen Kekse gezaubert werden. Eine alte Blechschachtel, dreißig Kinder, zwei Clowns; es beginnt eine langwierige Zeremonie, und die beiden Männer, der Ältere leiser, der Jüngere lauter, schaffen es tatsächlich, fast ohne Requisiten, große Augen und offene Münder zu erzeugen. Die Kinder drängeln, die Eltern stehen drei Meter weiter hinten, wir auch. Da fällt mir zum erstenmal auf, daß ich laufend sein Gesicht sehe, daß die Schminke das Gesicht nicht verdeckt. Es ist ein altes Gesicht, schmal, fast wie ausgezehrt, aber mit gütig leuchtenden Augen, eine Beschreibung, die einem sonst den Magen umdreht, aber hier paßt sie. Dann fällt mir die Ruhe auf, mit der er agiert, sicherlich seine Rolle, aber er brauchte sie nicht spielen, nicht ein bißchen, Ruhe und Abgeklärtheit, und dazu die Augen.

Ich starre ihn an, nichts übertrieben, kein Krampf, keine Seid-ihr-alle-daa-Stimmung, statt dessen jedem Kind seltsam nahe. Endlich sind die Kekse fertiggezaubert, kleine Stücke, Bruch, trotzdem kein Maulen, keine Enttäuschung, Gedrängel noch um das kleinste Stück, ohne sich überschlagende Hast, dreißig Kinder verzaubert mit ein paar Kekskrümeln und unsichtbarem Traumzaubersalz zum Drunterlegen für die Kopfkissen zu Haus und sich ganz fest einen schönen Traum wünschen.

Dann ist Ende und die beiden packen ihre Sachen zusammen, still, ohne Hast, und der Ältere tippelt in seinen viel zu großen Schuhen noch mal zur Technik, in seiner viel zu weiten Hose, und er ist auf der Bühne oder nicht, es ist kein Unterschied und die Leute schauen ihm hinterher und ich presse meine rechte Faust zusammen, ich hab bestimmt was von dem Traumzaubersalz erwischt. Nicht verlieren, bloß nicht verlieren, das Zeug.

Gesundes Neues

Der Mann ist ein Gesicht aus der Nachbarschaft. Er tut nichts weiter. Wenn er geht, zur Kaufhalle meistens und zurück, grüßt er, er grüßt jeden, den er sieht. Wenn er besoffen ist, lallt er seine Grüße. Die Großmütter aus der Straße schauen dann immer zur Seite. Aber er ist ein freundlicher Mann, dünn ist er, um die Dreißig, etwas abgerissen. Besonders abgerissen sieht er aus, wenn er seine Grüße lallt.

»Gesundes Neues!« höre ich ihn schon von weitem. Gesundes Neues, eine Hochzeit für Grüße. Der Mann geht eilig, ich grüße zurück. Aber so eilig habe ich ihn noch nicht gesehen. Viele Grüße sind zu verteilen, denke ich, da hat er es eilig. Meinen Gruß muß er im Vorbeieilen aufschnappen. Er rennt fast, »Gesundes Neues!«, zehn Schritte hinter mir. Die Leute sind freundlich um diese Jahreszeit, am Anfang des neuen Jahres. Das muß man ausnutzen, daß sie alle so freundlich zurückgrüßen, Gesundes Neues. Ein paar Tage später sind alle wieder mürrisch, ein paar Tage später grüßen sie den etwas abgerissenen Mann nicht mehr, ein paar Tage später ist er wieder nur der bedauernswerte Tropf, der hofft, mit freundlichem Grüßen wenigstens etwas Aufmerksamkeit zu erhaschen, Gesundes Neues.

Ich drehe mich um und schaue dem Mann hinterher, wie er rennt, Grüße verteilen. Auf seinen dünnen Beinen sieht er etwas windschief aus. Aber das mag daran liegen, daß er immer die gleiche flattrige Windjacke aus DDR-Zeiten um die Schultern hat. Ich stehe, und schaue dem Mann hinterher. »Gesundes Neues!«, murmle ich, Gesundes Neues.

Prager Frühling

Wir setzten uns ins Auto, ein nasser Abend im Herbst, regnerisch, dunkel und windig, alles hatte sich von den Straßen verkrochen und war in Kneipen gelandet.

Selten gingen wir zusammen weg, jeder hatte zu tun, sonst, war beschäftigt, in seinem Rhythmus, hatte keine Zeit. So war die Fahrt an sich schon ein kleines Ereignis, Entspannung, Rauchen, Schwatzen und auch ein bißchen Vorfreude auf den Film und die Unterhaltung hinterher. Ich hoffte, daß wir später neben irgendeiner Scheibe zu sitzen kommen würden, einer Scheibe mit herablaufenden Regentropfen, durch die gebrochen und verschmiert die Lichter von vorbeifahrenden Autos zu sehen sein würden. So eine Scheibe vorn, hinten das Gebrummel der Kneipe, im Kopf die Bilder des Films, dazu ein Bier und ab und zu ein Wort, ein langsam anlaufendes Gespräch, das sich bis weit in den Morgen dehnt, so eine Scheibe und du und ich, das wäre sozusagen eine kollektivbildende Maßnahme.

Wir fuhren, und die Scheibenwischer schabten ihren Takt. Direkt vor dem Kino fand sich ein Parkplatz, obwohl ich vergessen hatte, einen zu wünschen. Selten finde ich einen, wenn ich nicht wünsche. Ich nahm es als gutes Omen, ein kurzer Weg von der Autotür zur Kinotür, und schob den Erfolg unserer entspannten Stimmung zu. Entspannte Stimmung, jeder war aus seiner Zeit herausgefallen und würde es den ganzen Abend bleiben.

Wir stiegen aus und gingen die paar Meter, großes altes Haus, kleines neues Kino, von außen eine braune Blechtür mit Terrasse davor. Am Geländer hingen Kinoplakate, die anfingen, sich im Regen von ihrer Unterlage abzurollen. Über der Tür leuchteten 1000 Watt einer Halogenlampe, ein Bauscheinwerfer, der den Charme für sich in Anspruch nahm, daß er geklaut sein mußte. In seinem Licht machte der Regen Striche, die von Windböen durcheinander gewirbelt wurden. Wir traten ein.

Der Kinosaal breitete sich blau und fast ganz dunkel vor uns. Niemand war da. Du schautest etwas unschlüssig auf die Uhr. Dann ging eine Tür. Ein paar Lichter flammten auf, der Saal erschien kleiner. Hinter den Sitzen, gegenüber der Leinwand, war jetzt eine Bar zu erkennen. Dann gingen noch ein paar Lichter an, und eine Frau trat hinter den Tresen. Sie klappte eine Handkasse auf und schaute erwartungsvoll zu uns herüber. Wir stiegen zu ihr hinauf. Die Frau sagte mit einer überraschend rauhen Stimme »Hallo« und grinste breit. Dabei rührte sie mit dem Zeigefinger der linken Hand im Kassenfach mit den Markstücken. Es klapperte unregelmäßig. Ich starrte auf ihren Finger. Sie hatte kurze, kräftige Finger, sie war eine kurze, kräftige Frau. Ich fand, daß die Stimme zu ihr passe, zu ihrer gedrungenen Figur, zu ihrem fülligen, nicht jungen und nicht alten Gesicht, zu ihrem dicken, zu einem Knoten im Nacken geschlungenen Haar. Auch ihre Kleidung paßte, Jeans, Jacke und Hose, unter der Jacke ein Hemd. Ich fand diese kurze Person burschikos und fest, sie hätte ein Marktweib sein können. Vielleicht war sie auch einmal ein Marktweib gewesen oder war es noch, verkaufte Bratwürste oder Tongeschirr oder Flöten und Pfeifen. Kurz, ich fand sie bemerkenswert, ihr Grinsen hatte was Überfallartiges. Mit dieser Frau konnte man bestimmt gut in irgendeiner Kneipe sitzen, und man konnte sich bestimmt darauf verlassen, daß sie einen abschleppte, wenigstens bis zu einem Taxi. Sie würde dem Taxifahrer was von Männern sagen, die auch nicht mehr das wären, was sie mal waren und sie würde grinsen dabei. Und der Taxifahrer würde ihrem Charme erliegen und den Besoffenen nach Hause kutschieren, würde geduldig nach der Adresse fragen und geduldig warten, bis die täppischen Finger die letzten Münzen aus den Taschen zusammengesucht hätten. Diese Frau war wie eine vom Bau. Genau dies würde den Taxifahrer überzeugen.

Wir standen, sie grinste und rührte mit dem Finger in der Kasse. Dann fragte ich nach dem Film. Ein Schwall rauher Worte huschte über den Tresen, sie erzählte, sie habe den Film gesehen, beschrieb Szenen, nannte Schauspieler, erwies sich als eine vom Fach mit Großstadterfahrung, Kinoerfahrung, Szene-Erfahrung. Sie warb und war dabei rauh wie eine Fischfrau. Wir entschlossen uns, das Kino war gemütlich, der Film konnte nur gut sein, die Frau war anziehend und herzlich. Mir fiel die entspannte Stimmung ein, ich hatte auch vergessen, uns einen schönen Film zu wünschen. Trotzdem schien dies hier genau das Passende zu sein. Sogar der Regenabend schien jetzt seinen Sinn zu bekommen, ohne Regen keine verschmierten Lichter von vorbeifahrenden Autos. Der Abend konnte nur gut werden, besser: so gut bleiben wie er begonnen hatte, ein kurzer Entschluß, WG-Ausflug.

Wir sahen uns einen Augenblick an, gut, du nicktest. Ich wandte mich an die Frau, ihr Schwung hatte mich angesteckt, klar, wir nehmen zwei Karten und zwei Kaffee auch gleich dazu, ja, zweimal ermäßigt und zwei Kaffee, ja, und das neue Kino ist wirklich nicht schlecht, klein und gemütlich, wird bestimmt bald ein Szenetreff, hier könnten sogar andere Veranstaltungen stattfinden, Lesungen, Theater und wenn's sein muß auch mal ein Liedermacher, macht sich bestimmt gut hier in dem kleinen Saal, ja, und die Akustik ist auch nicht schlecht.

Die Frau hatte grinsend meinen Wortschwall über sich ergehen lassen, wir zählten Geld heraus, da sagte sie: »Ausweis!«

»Ausweis?«

»Klar, Ausweis, Studentenausweis, Arbeitsamtskarte, je nachdem. Behindert seht ihr ja nicht aus, Rentner seid ihr auch nicht.«

Du warst verblüfft, ich war verblüfft. Ich kramte und fand, du kramtest und fandest nicht. »Ohne Ausweis keine Ermäßigung«, kam es prompt. »Ich bin Studentin«, sagtest du. »Ausweis«, kam es ungerührt zurück. »Hab ich nicht mit«, sagtest du. »Dann Vollpreis«, kam es zurück. »Soviel hab ich nicht mit«, sagtest du. »Dann kannst du den Film nicht angucken«, kam es zurück. Ich merkte, wie deine Stimmung umzuschlagen drohte und schlug vor, auf den Kaffee zu verzichten. Du schütteltest den Kopf. Die Frau sagte: »Dann nicht.« Ich sagte: »Aber sie ist Studentin, und an zwei Mark soll es doch nicht liegen, und Kino, gemütlich, neu, Szenetreff.«

»Nix mit Szenetreff, nix mit gemütlich«, kam es zurück. »Ausweis oder voll oder raus.« Das letzte Wort kam hart und ich wußte, daß ich dir die zwei Mark nicht mehr in die Hand zu drücken brauchte. Selbst wenn du hundert dabei gehabt hättest, du wärst nicht geblieben. Ich dachte wehmütig an unsere lockere Stimmung und an die Scheibe mit den herablaufenden Regentropfen. Dann dachte ich, daß man selten so deutlich gesagt bekommt, daß das Ambiente lediglich auf einen bestimmten Kundenkreis zugeschnitten ist, und daß ein Depp ist, wer da was verwechselt. Wir hatten anscheinend was verwechselt. Ich machte mir den Vorwurf, daß ich das Wünschen vergessen hatte. Dann klappte die braune Blechtür hinter uns zu und ich hörte dich geräuschvoll ausatmen. Der Bauscheinwerfer leuchtete. Ich war mir auf einmal sicher, daß er ganz bestimmt nicht geklaut war. Im Weggehen fiel mein Blick nochmals auf die sich abrollenden Plakate. Prager Frühling, stand da. Fein, dachte ich. Prager Frühling also, nichts weiter, nur ein neues Kino.

Besuch in B

Sie will schon, daß sie zusammen Kaffee trinken und durch die Straßen turteln, daß alle lächeln, die Kellnerin zum Beispiel, wenn sie sitzen. Auch die bissige Bemerkung, der der Neid zwischen den Zähnen hervorstach, er weiß schon, diese Dürre mit den roten Haaren und dem Blick über den Tisch. Sie ist nicht stolz darauf. Hätte sie nicht diese Furcht vorm Schmalz, sie würde ihm das schreiben. So aber braucht sie Geschichten, wie er, sie erzählen sich Geschichten.

Sie versucht manchmal, wegzudenken. Sie darf dann sagen, muß nicht groß sein. Nichts ist größer als Kinder, sagt sie, und: Die lernen Lesen und Schreiben nicht vor der Zeit.

Doch, sie scheut gar nichts, auch wenn sich die Rothaarige zurücklehnt und grinst. Kann sein, daß sie recht behält, die. Aber sie ist froh, daß das egal ist, jetzt, heute abend. Und es ist nicht so, daß sie ihm nicht im Wege stehen will, sie will, er soll ruhig stolpern. Laß uns die Wochen näher zusammenrücken, schreibt sie. Ob sie den Zettel nachher über den Tisch schiebt, weiß sie nicht.

Lesungen

Die machen immer alle Witze, nun gut, die Zeiten sind dreckig, da ist gelungenes Schenkelschlagen was wert, ein Wert, nicht zu verachten, ein Lustig, nicht zu verachten, ein Lustspiel, ein lustiges Spiel auf Zeit, eine halbe Stunde oder eine ganze, oder ein Abend mit Bier hintendran, Lachen macht durstig und Bier macht noch durstiger, danach in der Kneipe und erst recht auf dem Heimweg, vielleicht stockt manchmal was, vielleicht ein Schritt, vielleicht der Schritt ins Bett und der vielleicht nur, weil das Laken noch so kalt ist.

Vielleicht aber auch der Abend, der lustige, war wie ein Film, ein Lustspiel, ein Kabarett, das blüht und blüht und kostet, nicht die Stadt, aber Zeit, wie Radiohören, geflogene Stunden festgenagelt, schenkelklatschend festgenagelt, dafür gibt's Geld, das kostet was, das läßt man sich was kosten. Ein besetzter Abend ist was wert, ein nicht zu verachtender Wert, und die immer alle Witze machen, wo die Kugel, da die Kugel, wer sagt, der Vergleich wäre bösartig, der sagt, daß ein Spiel bösartig ist, der sagt, *mein* Spiel ist gut, *mein* Spiel ist besser, besser, als das von der Straße, *ich,* sagt der, *besser,* wo die Kugel, da die Kugel wird schlechter bezahlt, besser bezahlt ist besser, *ich,* sagt der, *ich,* durchschaue den Beschiß von der Straße und geh lieber Schenkel klopfen, und du, der du mich besetzt und dafür besser bezahlst, du sorgst für die Straße, wer sagt das, ist bösartig, ich frag mich, warum die immer alle Witze machen, aber wirklich frag ich mich das nicht.

Ist

Warten, Schleife, Schleifchen, Bekanntschaften, machen, dies und jenes, Schwatz, Kaffee, lächeln und schlürfen, vom Sie zum Du, Verständnisse, ja, schwer, ja, die mit Vergangenheiten, Schritt und Tritt, Bordsteinkanten, Pfützen, sieht nicht aus, als ob sie tief wären, wer weiß, leicht gekräuselte Flächen, die Stadt macht sich dick wie ein Vater, dicker Vater, fetter Vater. Himmelsrichtungen verschieben sich dauernd, Abschiede und Regen im Frühjahr mit Sonnenflecken zwischen Gelb, viel Symbole, viel Pfeile, viel Kopfsteinpflaster, auseinander fließen Mosaike, grinsen im Mundwinkel Zigaretten, biegen und brechen Verständlichkeiten, Bringepflichten, an Litäten gewöhnt, selbst schuld, Schrottplatz und jede

Menge Findlichkeiten, Zierlichkeiten, Brämungen, aggressive Scham, selbstverständlich ist Fordern, Wut zum Schulterzukken, arme Idioten, arme schwebende Idioten mit Anmaßung, alle geplatzt, Nähte gerissen, da nur: Man sieht sich, irgendwann schon mal, daß *Egal* schnell so vorn stehen kann, kann können, gekonnt, schon wieder Heiten, Bewegung dringt und endlich herein, reibt neu, da ist gut mit Abständen, Platz, Platz da, Fingerdreher, Wimmerer, blasierte, wer seiner Jahreszahl vorausschwabbelt ist tot, tot ist tröstlich, wenn man's nicht verwechselt, Schleifchen, Warteschleife, Warten, genug, Weckerklingeln, Kopf-Wecker, einziger Wecker, in den bläst Wind.

Karin

Die Fahrt neigt sich dem Ende entgegen, ein paar Kilometer Autobahn noch, die Abfahrt, die Landstraße in der Morgensonne, hartes, grelles Licht und Stau. Diese Stadt empfängt einen immer mit Stau.

  Sie war wieder einmal schneller und schneller geworden, bei langen Strecken ist das so, und am Ende heulte der Wagen an der Leistungsgrenze. Jetzt, kurz vor der Abfahrt, läßt sie sich Zeit und eigentlich braucht sie sich auch nicht beeilen. Der Kleine ist bei den Großeltern, und auf sie wartet niemand. Seit ein paar Wochen wartet niemand, und den Job wurde sie auch grad los, alles wieder mal übereinandergestapelt, und das besorgte Gesicht ihres Vaters nervte.

  Eigentlich hätte sie sich die Fahrt gar nicht leisten können, aber der Kleine hustet, jeden Sommeranfang hustet er und jeden Sommeranfang macht sie sich Gedanken ums Wegziehen und fährt dann zu ihren Eltern. Die Fahrt nimmt ihr die Unruhe, nur daß sie diesmal nicht mal mehr einen Job hat und eigentlich auch nicht nach Hause müßte, da ist Ordnung. Irgendwann hat man in jeder Ecke Staub gesaugt.

Sie kennt es nun schon, das Austrudeln vom Gehetz der Arbeit in das des Haushaltes, dann Briefe schreiben und auf Antworten warten und Fahrrad fahren. Nach ein paar Wochen hat man sich gewöhnt und guckt etwas ungläubig auf die in der Mittagspause hastig einkaufenden Frauen.

Mit dem Fahrradfahren lernt sie immer neu die Wege neben den Straßen kennen, jedesmal rücken Bäume und Sträucher, Bordsteine und Häuser, Hunde und Besoffene dichter heran. Geräusche und Gerüche, Bewegungen und Alltag. Wenn das dann vorbei ist und sie sich gewöhnt hat, wenn sie sich satt gesehen und sattgerochen hat, sucht sie stillere Ecken in Parks oder im Stadtwald, oder blättert stundenlang zu Hause in alten Fotoalben, oder liest zum hundertsten Mal ihre pubertären Gedichte und bewundert ihren Mut von damals.

Danach kommen die Wochen, wo sie sich, wenn der Kleine in den Kindergarten gebracht ist, ins ungemachte Bett legt und liest oder einschläft bis Mittag, und dann dauert es nicht mehr lang bis zur Unruhe, die sie in die Frauenvereine oder Galerien treibt. Dort findet man sie jung und hübsch und das Kind sieht ihr niemand an.

Jetzt aber fährt sie auf der Autobahn und der letzte Job ist noch nicht lange her. Dafür ist die Abfahrt dicht vor ihr und sie verlangsamt die Geschwindigkeit. Rechts auf der Landstraße in die Stadt hinein stauen sich die Autos, so weit sie sehen kann. Resigniert läßt sie den Kopf an die Kopfstütze sinken und schaltet das Radio ein. Cat Stevens singt was von Vater und Sohn und ein bitterer Geschmack steigt ihr in der Kehle hoch. Sie tritt das Gaspedal voll durch und schließt die Augen.

Sie

Sie saß da wie eine Statue, bewegungslos, das konnte ich sehen. Sie saß da und machte nichts, nicht mal Warten, auf Kundschaft, nichts. Sie saß da und träumte in den paar Minuten auch nicht von der einsamen Insel oder von dem Einkauf am Abend oder von den Kindern, die sie haben mußte. Sie saß da, verwachsen mit dem Stuhl vor der Kasse, wandte nicht den Blick, und ich konnte die bodenlose Leere in ihren Augen sehen, im Rücken, in den reglosen Händen, in dem zu Locken gequetschten Haar. Sie saß da, völlig ohne Grund, absolut, aufgegeben, in ihrem blauen Kittel zum Ersatzteil mutiert, ein Stück Maschine, das im Augenblick nicht gebraucht wurde, weil die Kundschaft rar war, an diesem Nachmittag.

Dann ging ich raus und stieg ins Auto und fuhr weg.

Der fetten Frau

Der fetten Frau läuft der Schweiß zwischen die Schulterblätter, unter den Verschluß, in der Sonne, und das Kerlchen mit Hut schielt nach dem Gewölbe unterm Rock und nimmt einen tiefen Zug und beredet weiter, und die fette Frau beugt sich nach hinten und schüttelt ihre Polster und bleckt die Zähne, und das Kerlchen hat das Glas leergetrunken, und die fette Frau tupft sich die Stirn mit einer rosa Serviette, und wenn er geht, sich ein neues Glas zu holen, wird sie ächzend aufstehen und gemütlich von dannen walzen, mit ihrer fetten Freundin, am Herrentag.

Am Rand einer Demonstration

Da draußen wie drinnen unter Schritten kein Gesang zu Fahnenschwenkern, die bezahlt sitzen zählen Autos, nicht Schritte mit freundlichem Lächeln und machen Striche ohne Reden brummen Motoren, sing sang sing, und ruft einer Hilfe kommen Krankenwagen, Sturz auf Umsatz, ein kleines Erlebnis mit Fleisch, ein Ton gewöhnlich und etwas mehr Gas, je nach Schwung fallen Bilder und umwickeln Seelen, bis der Torso Draußen und Drinnen für tatsächlich gleich hält.

Die Brille

Als er sich die Nickelbrille vom Gesicht gerissen hatte, mußte sich etwas ändern. *Dumpf* war das Wort, *dumpf,* egal ob es regnete oder nicht. Aber es sollte nicht soviel regnen. Er drückte die Fenstergläser aus den Rahmen und zerknautschte den Draht. Dabei dachte er, daß es jetzt reicht und wankte nach Hause. Es mußte ja nicht immer eine Schlampe sein, die einen abschleppte. Draußen war sowieso Frühling, seine Nase fühlte sich leicht an.

  Vor der Tür fand er wie immer den Schlüssel nicht. Er trat sie auf. Niemand im Haus wurde wach. Im Hausflur blieb er einen Augenblick stehen und starrte auf die grünen Kacheln. Der Augenblick kam ihm zu lang und zu kurz vor. Er ging die Treppen hinauf. Seine Wohnungstür trat er nicht auf, er trat ein, nachdem er den Schlüssel gefunden hatte. Die Tür fiel von alleine ins Schloß. Er registrierte es wie einen Umstand. Dann riß er die Plakate von den Wänden und machte daraus in der Küche einen Haufen vor dem Ofen. Als alles verbrannt war, dachte er, daß es jetzt besser sei und ging schlafen.

Dann klingelte das Telefon. Mit geschlossenen Augen tappte er bis zum Flur und hob ab. Er öffnete die Augen und sah, daß es Mittag war. Aus dem Hörer quetschte sich eine Frauenstimme. Er legte auf. In der Wohnung roch es verbrannt. Er ging in die Küche und riß das Fenster auf. Unten auf dem Hof spielten Kinder. Zwei Männer mit ihren Möpsen standen daneben und tuschelten. Er sah, daß sie zu ihm herauf schauten und streckte ihnen die Zunge heraus. Die Männer grinsten. Die Möpse verknoteten in dem unbeobachteten Augenblick ihre Leinen und ließen daraufhin ihre kurzen Zungen aus den Schnauzen hängen. Er spuckte hinunter, konnte aber das Klatschen nicht hören. Die Männer knoteten ihre Möpse wieder auseinander. Er ging vom Fenster weg und schaute auf seine Wände mit den übriggebliebenen Reißnägeln und dachte, daß es so wirklich schon besser sei.

Gerlachsruh

In Hinterpommern liegt der Demantberg. Der hat eine Stunde in die Tiefe, eine in die Breite, eine in die Höhe. Alle hundert Jahre kommt ein Vogel und wetzt seinen Schnabel daran, und wenn der ganze Berg weggewetzt ist, dann ist die erste Sekunde der Ewigkeit vorbei.

Der Hirtenjunge hatte ein philosophisches Köpfchen, Hinterpommern und Ewigkeit, das Märchen ist eine Ewigkeit her. Vorpommern liegt da näher, genauer gesagt Mecklenburg-Vorpommern. Das Land ist plattgedrückt, die Felder weit, das Meer rauscht, auch wenn's nicht gleich nebenan ist. Und nichts davon schert sich daran, wie die Verwaltungseinheit grade genannt wird, ob Bezirk Rostock, Schwerin, Neubrandenburg oder eben Mecklenburg, oder eben Vorpommern. Auch ist egal, ob zwischen Hinter- und Vorpommern eine Grenze liegt oder nicht. Nirgendwo in diesem Land, könnte ich behaupten, ist noch so genau zu sehen, was eigentlich alles egal ist. Wenn jemand an endlos langen Stränden Wellen zählend und nach Bernstein schielend geht und geht, immer nur Strand und Meer, es muß ja nicht gerade zu irgendeiner Saison sein, da schiebt sich so manches nach hinten.

Noch besser ist's in versteckten Hinterlandecken, da wo die Luft noch schön jodhaltig ist und der Wind um winzige Waldinseln auf überdimensionalen Feldern fegt. Und am besten ist's im Windschatten einer kleinen Kleinstadt, Grimmen zum Beispiel, in deren Rathaus der übliche Ölschinken den „Plenarsaal" ziert, unsichtbar unterschrieben mit einem Satz, der was von einem Ackerbauerstädtchen erzählt, in dem die Zeit langsamer laufe. Ein Satz, der von einem der großen deutschen Dichter stammen und weit über hundert Jahre alt sein soll. Der große deutsche Dichter hat Gerlachsruh nicht gesehen, hätte er gesehen, er hätte sich seinen Satz vermutlich verkniffen.

Gerlachsruh ist so winzig, daß nicht mal eine richtige Straße hinführt. Zwar wurde inzwischen der ehemalige Wirtschaftsweg einer ehemaligen LPG asphaltiert, blieb aber dabei so schmal, daß zwei Autos, und seien es Trabbis, nicht aneinander vorbei kämen. Gerlachsruh besteht aus vielleicht drei Wohnhäusern oder Höfen, die Straße macht eine enge S-Kurve mit einer nur im Hochsommer verschwindenden Pfütze an der gefährlichsten Stelle. Ringsum dehnen sich endlose Felder, Grimmen ist gut zu sehen, und von Grimmen aus die Scheune von Gerlachsruh. Die Scheune ist riesig, aus Holz, alt und wohl das eine Wahrzeichen des Dorfes.

Das andere ist ein schwarzer, bei jeder Gelegenheit kläffender Köter, ein richtiger mecklenburgischer Dorfköter, bei dem du dich darauf verlassen kannst, daß, wenn er deine Hose erwischt, sie danach dein Bein zumindest teilweise sehen läßt.

Gerlachsruh liegt still und umweht auf dem Präsentierteller der Felder und eigentlich so unwirklich, daß man geneigt ist, sich die Augen zu reiben. Und obwohl vor den Höfen Autos stehen und auf den Dächern Antennen krakeln und die S-Kurve asphaltiert ist und mit Sicherheit ab und zu ein Auto durchfährt, um den Stau in Grimmen zu umgehen – in dieser Ansiedlung scheint wirklich und wahrhaftig die Zeit stehen geblieben, reichen die Felder bis in den kleinsten Winkel der Häuser, steht die Scheune mit ihren Brettern, fährt man unwillkürlich langsamer, und das nicht nur wegen der Kurve.

Und wenn du Glück hast, kannst du einen mürrischen Bauern in ausgebeulten Cordhosen Federvieh füttern sehen, oder eine Frau mit Kopftuch und Strickjacke auf einem klapprigen Fahrrad mit Anhänger, in dem abgewetzte lederne Einkaufsbeutel gleich hinter Gerlachsruh durcheinandergeschüttelt werden, weil da der ehemalige LPG-Wirtschaftsweg noch ehemalig ist und aus verwitterten Betonplatten besteht, mit grünem Streifen in der Mitte.

Und wenn du weiter Glück hast, ein kaputtes Auto vielleicht, und du ein paar Tage vorher grad ein bißchen Fontane oder Reuter oder ein paar Märchen gelesen hast, dann könntest du glatt darauf kommen, daß der Vogel bei seinem Flug zum Demantberg gerade hier Pause macht, alle hundert Jahre einmal.

Übrig

In der Kneipe sitzen Leute nebenan. In der Kneipe sitzen Andere, und die Zeit, Stunden, Jahre, ist irgendwann vorbei, Erde mit Stein obendrauf. Man kann telefonieren, schreiben, sitzen am Tisch, um nichts gefragt zu werden, nichts zu antworten, nichts zu fragen, sitzen mit seinem Kopf, seinen Haaren, seinen Beinen, seinem Bauch, so, das geht. Zappeln im trocknen Loch, das geht, schweigender, zappelnder Fisch.

Unvorhersehbare Folgen

Irgendein Held mit irgendwelchen Tolpatschen in seiner Begleitung, die dank ihrer Tolpatschigkeit genau im richtigen Augenblick das Richtige tun und ansonsten dauernd gerettet werden müssen, irgend so ein -egger also haut eine überübermächtige, fiese, böse Bande von Ekeltypen mit wummernden Explosionen und so weiter in überlegener Manier zusammen, fürs Gute tut er das, und am Ende strahlen alle, und irgend ein blondes Mädchen vom Lande hängt an seinem Hals. Dazwischen wurde gleich noch ein paar Mal gezeigt, was so alles zum Gutsein gehört, und am Ende des Fernsehabends hast du gequirlte Suppe im Kopf.

Wenn du eine Weile nicht in die Röhre geguckt hast, ein paar Wochen vielleicht, starrst du nach dem Aufstehen aus dem Sessel erstmal mit flackernden Augen aus dem Fenster und wunderst dich über die Ruhe da draußen zwischen den Bäumen. Nicht mal 'ne Katze schleicht über den Gehweg.

Aber ein Stündchen später, so unter der Bettdecke! Du wachst auf und kaust auf einem Kissenzipfel, was ein durchaus bedenkenswerter Rückfall wäre, nur wohl eher einer der harmloseren Art. Die Feuchtigkeit zwischen deinen Beinen läßt tiefergehende Folgen vermuten, die Krönung aber ist das sich wiederholende Zucken im rechten Zeigefinger. Welche Verklemmungen lassen sich hier vermuten! Aus welchen Finsternissen steigen hier längst totgeglaubte und abgelegte Knoten und Knispel ins Halbbewußte! Vielleicht die verlorene Prügelei um das Sieb im Sandkasten? Vielleicht der neulich in Halbwut verschluckte Satz gegenüber den Chef?

Hast du eine Ehehälfte, wirst du dich klammheimlich ins Bad begeben und ein paar Minuten in den Spiegel starren; hast du keine Hälfte, gehst du nicht so leise. Starren wirst du trotzdem. Dann wirst du eine rauchen, noch einen Blick aus dem Fenster werfen und schließlich unschlüssig vor den Bett stehen bleiben. Für den nächsten Morgen ist dann wohl der Weg zum guten Freund fällig und der Gedanke, daß eben nichts ohne Training so einfach zu haben ist.

Das Café ist voll Abendstunden

Frank zeigt mit dem Finger auf Frank: »Du bist westkrank.« Frank läßt sich nicht lumpen: »Und du bist ostkrank.«

Sie sitzen sich gegenüber und schauen sich böse an. Da kommt Südfrank mit gesenktem Blick und tritt fast gegen den Tisch. Aber er schaut vorher doch noch auf, verhält einen Moment, dreht sich dann um und verschwindet in die Richtung, aus der er kam, mit jedem Schritt einen Furz zurücklassend. Der Wind steht zwar flau, aber günstig. Ein Hauch streicht zwischen Frank und Frank über den Tisch.

Westfrank hebt den Finger und schreit: »Ostfurz.« Furz hebt den Finger und schreit: »Westfrank.« Westfrank ist beleidigt, Ostfrank schnüffelt über den Tisch. Südfrank steht an der Bar und trinkt eine Cola. Er grinst spöttisch.

Ein Gespräch

Der Mann sitzt da und raucht eine Zigarette nach der anderen, nein, seine Finger zittern nicht, in dem Alter zittern die Finger nicht mehr oder noch nicht. Er ist gekommen, zu erzählen, keine Entschuldigungen, kein Stolz, sagte er und raucht.

Zwischen uns stehen zwei Tische voller Papier. Er weiß, wie der Hase läuft, auch heute noch, oder gerade heute, und verfängt sich in seinen Anekdoten, und Stolz spricht doch aus jedem Satz, wenn er über Banalität spricht oder davon, daß sich der BND ab und zu bei ihm sehen läßt und banale Fragen stellt. Aber aus seinen Augen blitzt das Werben um Verständnis und das Hoffen auf Zuhören und Verzeihen von nicht im Bücken versinkenden Erinnerungen.

Er ist gekommen, zu erzählen für die Öffentlichkeit, vielleicht ein paar Jahre zu spät, vielleicht besser als nie, vielleicht beschissen genug, daß er es kann. Der Mann ist ruhig, leise, gewohnt, daß man ihm zuhört, und setzt das nach zehn Minuten voraus. Meine Fragen werden bestimmter. Er antwortet und sagt viel, viel mehr, als man sonst zu hören bekommt. Aber er behält einen Rest, der steht im Raum und wächst, vor ihm her, über den Schreibtisch, zu mir, über mich hinweg bis ans Fenster, und ich merke, daß mir das Atmen schwerer fällt. Was kann ich verlangen – die Person? Wahrheit? Scham? Daß seine Finger zittern? Hätte ich es gern, daß seine Finger zittern, daß er rot und blaß wird, stockend spricht?

Der Rest flutet derweil durch die Ritzen des Fensters auf die Straße. Meine Fragen werden kurz und abgehackt. Er stutzt und schweigt. Der Rest zieht sich vom Fenster über den Schreibtisch zwischen seine geschlossenen Lippen zurück. Kann *er* begreifen, wie schwer es mir fällt, hier zu sitzen und zuzuhören? Kann *ich* begreifen, wie schwer es ihm fällt, hier zu sitzen und zu erzählen? Da sitzt eine andere Welt vor mir, von der er behauptet, daß sie ein Spiegelbild des Vergangenen gewesen wäre, sitzt da, ordentlich angezogen, grau, und raucht und verlangt, daß ich zuhöre. Und plötzlich habe ich ein Würgen in der Kehle. Worauf lasse ich mich da ein? Dieses Bündel tragen will ich nicht, es ist nicht meines, und trotzdem hat er mir schon aufgeladen. Ich stehe auf, trete ans Fenster und öffne es. Über den Dächern hängt Nebel, ich puste meinen blauen Rauch dazu. Minutenlang ist es nur still, dann setze ich mich wieder auf meinen Stuhl. Der Mann schaut seitlich an mir vorbei, er hat verstanden, das sehe ich, ich sehe auch den Zug um seinen Mund, der zwischen Hochmütigkeit und Bitterkeit schwankt. Hochmütige Bitterkeit, ehemaliges Befehlen, ehemalige Stellung, ehemalige Macht. Kein Jammern, sagte er, als er sich setzte, real werde er erzählen, offen. Wenn er das tut, werde ich ihm zuhören, beschließe ich, werde zuhören und schweigen. Wenn nicht, werde ich hinausgehen und warten, daß er geht.

Mein Nachbar

»Hören Sie!«, sagt mein Nachbar. »Das müssen Sie doch auch gehört haben!« Ich schaue ihn an. Er schaut zurück. Er wird ungeduldig. »Sagen Sie bloß, das haben Sie nicht gehört!« Ich schüttel den Kopf und entschließ mich zu der Frage: »Was denn?« »Na hören Sie mal«, sagt mein Nachbar leicht entrüstet, »das konnte man doch gar nicht überhören.« Langsam werde ich auch ungeduldig. Was hat der Mann? Ich habe nichts gehört. Außerdem mag ich ihn nicht besonders, wie er da steht mit seinem Bierbauch und seinem feisten Gesicht.

»Also Sie haben wirklich nichts gehört?« fragt er nochmals. »Nein ich habe wirklich nichts gehört. Und was denn überhaupt?« »Na gestern Abend«, sagt mein Nachbar, »gestern Abend. Es muß die junge Frau gewesen sein, die mit dem Kind, die allein ist. Kann gar nicht anders sein, wohnt ja genau nebenan«, sagt mein Nachbar. »Und?« frage ich.

»Na erst fing das Kind an zu weinen. Das ist ja nichts Besonderes, weint immer mal, ein Kind. Aber es hörte nicht auf, nein. Und dann die Frauenstimme, immer lauter. Naja, das kommt auch mal vor. Aber dann brüllte das Kind ganz heißer, und die Frau brüllte auch. Ich mein', man hört ja alles so gut im Neubau. Da kann man gar nicht weghören. Und dann klatschte es, und das Kind fing an zu fiepen. Die Frau brüllte, es klatschte und das Kind fiepte.« »Wie alt? Weiß nicht, wie alt es ist, drei Jahre vielleicht. Ich mein', das hörte sich gar nicht mehr gut an. Hab dran gedacht, die Polizei anzurufen. Aber das kann peinlich werden. Nachher war gar nichts weiter, oder es war nur der Fernseher. Und außerdem, Mutter und Kind sind ja eine Zweierbeziehung, sozusagen. Man hat ja nicht das Recht, in eine Zweierbeziehung einzugreifen. Ich kann mir gar nicht vorstellen, daß Sie das nicht gehört haben.« »Dann? Naja, das Brüllen hörte auf. Das Klatschen auch. Außerdem war das Kind dann ruhig. Nur so ein Wimmern, glaub ich. Aber das war so leise, daß man es nicht richtig hören konnte. Und außerdem wimmert ein Kind immer mal, das ist nichts Besonderes.« »Klingeln? Na hören Sie mal! Man mischt sich doch nicht in fremder Leute Angelegenheiten! Ich bitte Sie! Und überhaupt, daß Sie das nicht gehört haben wollen, ist ja kaum zu glauben!«

Die Sonne

Die Sonne knallt weiß auf vertrocknete Lippen laufen Ameisen mit zwölf Beinen an sechs Segmenten und laufen und legen Eier in die verschwenderisch dargebotenen Höhlen auf sanften Abhängen haben die das Rollen verlernt auch wenn sie es nie konnten hätte einer dran denken können mit einer Rollen hinab hätte Anschein erweckt sanften Anschein bewegter Schatten hin zum schäumenden Tal zum überschäumenden mit einer Mühle und einem Rad und einem Hinabtauchen unter der Sonne aber laufen nichts als gewachsene Insekten und legen Eier weiße glänzende Eier fast wie Kerzen an Kronleuchtern über feiernden Gästen mit wehenden Gardinen an Fenstern die bis zum Boden reichen denn es ist Sommer und ein Sommerfest mit Feuerwerk in den sternenklaren Himmel platzen bunte Blumen und regnen auf Abhänge sanfte und regnen auf staunende Münder auf geöffnete staunende Münder in denen weiße Zähne schimmern rot und blau und grün und gelb und einer hätte gedacht vielleicht hätte einer gedacht den Abhang hinunter sanft wie die Sonne weiß knallt.

Nacht

Wie anfangen, wie sich herantasten an einen Gedanken der ist? Einen Bogen machen, einen Umweg über eine Geschichte, ein Gedicht? Eine Platte auflegen, einen Spaziergang machen, ein Gespräch führen, vielleicht im Bäckerladen mit der Verkäuferin im weißen Kittel, wat für Kuchen woll'n se denn nu?

Was da kreist und nicht läßt, dieses Gewirr von Informationen von dem, was ist, was zu sein vorgibt und manchmal nicht mal dies, dieses kreist, flüchtige Reflektionen, und die Form ist er, nichts anderes, nur er.

Was da ist, ist nicht zu greifen so und nicht in Bilder zu fassen, nicht in sprachliche und nicht in die des Fernsehers, nicht in die des Bewußt. Und trotzdem, was so drängt und Form verlangt ist nicht er und das Klingeln des Telefons würde Pause bedeuten, Anhalten, einen Umweg, eine Verzögerung, und auch der Weg über ein Feld, irgendein Feld im Herbst oder im Sommer, es wäre nicht wirklich eine Pause.

Es kreist und wummert und flüstert und fordert, er als Form, als Rahmen, Beschränkung, Beschränktheit. Aus dem Spektrum greifen, brechen, in eine Farbe? Das wäre es vielleicht, vielleicht er, vielleicht eine Form, Form in der Beschränkung, wer soll das fassen.

Das Unwohl betrifft nicht nur den Kopf, nein. Und das Streichen über die Glieder, die Vergewisserung, ja, da sind die Arme, die Beine, der Bauch, der Rücken, Hals auch, und die Finger zum Tasten. Aber was ist zu tasten, was ist in Form zu bringen? Was da ist? Jeder Schritt ist eine Abfolge von Bewegungen, jede Bewegung eine Abfolge von Bewegungen, Puls, Herzschlag, Muskeln, Sehnen. Das Auge sieht: ›Vorsicht, nicht anstoßen, der Tisch ist real, das Bücherregal, die Wand.‹

Bei geschlossenen Augen kann er sich die Ziegel unter der Tapete vorstellen, Ziegel, Mörtel und Kleister. Aber genau weiß er es nicht, als Beispiel, und: würde es etwas bringen, die Tapete abzufetzen? Die Gewißheit, daß da wirklich Mörtel und Ziegel sind, das würde einen Gedanken einkreisen, den an Mörtel und Ziegel, nichts als bloße Vermutung.

Hier wäre es einfach, materiell, mit Staub und Schlägen behaftet, mit Schweiß und Kratzen und vielleicht auch Wut, weil die Tapete so gut klebt. Aber das wäre schon wieder deutsche Wertarbeit, und die Zusammenstellung „Wert" und „Arbeit" und „Deutsch", die wummert gleich wieder, die ist da, was da ist, und schon wieder nicht zu greifen, belegt mit Naserümpfen, Kategorie einer Zugehörigkeit, Abgrenzung. So einfach ist es also auch in diesem Fall nicht. Wo ist es einfach?

Das runde Wort „Welt" fällt ihm ein, wie es sich wellt und streckt und ausufert und in Beliebigkeit verschwindet und in der Beliebigkeit gebraucht werden kann, gebraucht wird und auch schon wieder Kategorie ist, wird, genommen wird. Sich ein Wort nehmen und brechen, wie die Strahlen des Lichts, ist das was?

Was sollen die Schritte, seine Schritte, seine Abfolge einer Bewegung, fein gesteuert? Nicht anstoßen, das Anstoßen nicht fassen, Tasten und Fühlen. Fühlen ist Denken. Ein schöner kurzer Satz, er klingt einleuchtend, leuchtet, ist leicht, leicht zu haben, leicht zu nehmen, leicht zu gebrauchen, leicht zu verwenden. Die an dieser Stelle drängende Frage *Wofür?* muß sich wehren gegen *Sinnlos!*, wie das Ausweichen vor der Wand, wie die Überzeugung, daß dies Mörtel und Ziegel und Kleister sind, eine Überzeugung, die es so beläßt. ›Es ist so!‹ ›Woher weißt du das?‹ ›Ich will es nicht wissen!‹ Das ist auch ein kurzer Satz, ein Zurückziehen mit Anmaßung, Gedanken für Zusammenhänge, ein Vorwand, wofür? ›Tapezierst du die Stelle?‹ Und wer sagt, daß nicht einen Meter weiter statt der Ziegel ein Betonsegment unter der Tapete ist und unter den Füßen, auf dem Feld, im Sommer oder im Winter, nicht auch eins? So findet Tasten nicht statt.

„Kausalität" ist auch so ein Wort und hängt ihm an. Die Zeit, als er es über die Zunge rollen ließ, „Kau-sa-li-tät", wie das klang, wie es sich erhob, wie es wußte, faßte, vorgab zu fassen, vorgab zu umfassen, wie eine mathematische Gleichung – nein, so findet er nicht, so tastet er nicht, weder heran noch weg, so stülpt er sich die Narrenkappe über, der Gedanke an die Narrenkappe ist die Narrenkappe.

Wie tastet er sich also heran an einen Gedanken, wie ist er zu umkreisen, wie ist ihm näher zu kommen und dabei nicht zu brechen, in eine Farbe? Es ist alles schon da, das gilt, gilt für ihn, und Kreisen ist ein Prozeß, eine Abfolge von Bewegungen in Bewegungen, die eigene wird bewegt. Das ist ein Gedanke, mehr als ein Satz.

Das Büro

Das Büro ist aus den Fugen, Kistchen, Kästchen, Akten, Papier, die Mülleimer sind übervoll. Am Boden ein alter Mann beim Packen, ein zweiter Alter sitzt am Computer und schreibt, schaut ab und zu hinunter. Dann steht er auf und füttert die Kaffeemaschine. Zischen und Blubbern, bald darauf Geruch nach Pause und Schwatz.

Aber als dann die dampfenden Tassen auf dem Tisch stehen und sich beide rauchend gegenüber sitzen, als der verhangene Himmel doch ein paar Sonnenstrahlen freigibt und alles in gelbes Licht taucht, als dazu das Radio einen alten Schlager schnarrt, da zittern die Hände der beiden so, daß sie ihre Zigaretten in den Aschenbecher legen müssen. Der eine Alte zieht die Augenbrauen hoch, der zweite Alte knurrt »Scheiße«, steht auf und packt weiter. Die Kaffees werden kalt, die Zigaretten rauchen sich selber auf, die Filter fallen auf den Tisch. Dann ist alles so wie vorher. Der Zweite schaut ab und zu hinunter.

Der Teich hinter den Garagen

1

Wasser, Schilf, Libellen, Stichlinge und zwei Jungenaugen, ein kurzes Schnaufen, Schreck, und das Reh haut ab.

Der Junge ist sich nicht mehr sicher, wechselt den Platz, ohne Angel, ein Stock, ein Bindfaden und ein Stein, ins Weich des Ufers gerammtes und langsam nach vorn gekipptes Spiel, vergessen und eigentlich nur Entschuldigung für stundenlanges Starren ins Wasser.

Das hat das Reh so mutig gemacht, eins fast noch mit Flecken, und so hätten sie sich begegnen können.

Aber er hat geschrien vor Schreck und nun bleibt ihm nur der Heimweg und eine Frage, die er doch nicht stellen kann, und er wird das erste Mal etwas sehr Wichtiges für sich behalten müssen.

2

Tagelang fegte Sturm den Grießel zu kleinen Häufchen zwischen das Schilf, nun steht auf dem zerfurchten Eis das Wasser der ersten lauen Winde. Kinder patschen in Gummistiefeln und lassen Steine hin und her flitzen, es geht auf den Abend zu und ihre Mütter füllen Wasser in die Kessel, für Pfefferminztee.

Paßt auf, am Rand, da sind schon Löcher, ja beim Schilf. Das Eis hat bedenklich geknackt, und sie gehen jetzt lieber, da bricht er ein, der Rufer, bis zum Gürtel, und die anderen können sich kaum halten vor Lachen, es ist flach, beim Schilf.

Rote Mückenlarven machen Achten, und ein paar faule Blätter werden hochgespült, und der Junge kippt schweigend seine Stiefel aus und geht schweigend mit klappernden Zähnen, und die anderen gucken interessiert in das Loch, über das sich langsam eine dünne Eisdecke zieht, wie über den ganzen Teich.

3

Der Balken schaukelt mit seinem Pappsegel über das Wasser, verfängt sich im Schilf, wird an Land geangelt und wieder ausgesetzt, von der anderen Seite nimmt er den selben Weg. Auf den Wind kann man sich verlassen, der Balken macht Fahrt, wieder und wieder spiegelt er sich im Wasser, verzerrt durch kleine Wellen wie ein großes Schiff unter den Wolken, er ist ein großes Schiff, er erkundet fremde Reifeninseln und Urwälder mit Fröschen und von unten gucken Karauschen, das weiß er.

An Bord sind eine Menge Leute, Matrosen und Forscher und Indianer, und bis jetzt ist noch keiner runtergefallen. Der Kapitän ist ein besonders dicker Kiesel mit einem Loch, Fernrohr, man kann hindurch sehen.

Dann bleibt das Schiff plötzlich hängen, mitten auf dem Ozean, an einer braunen rostigen Seeschlange, und dreht sich aus dem Wind. Der Leuchtturmwärter läuft aufgeregt auf und ab.

Kapitän, Kapitän, das Steuer, du mußt es herumreißen, Kapitän, ihr könnt doch nicht da draußen bleiben. Aber der schaut durch sein Fernrohr in eine ganz andere Richtung. Das Schiff schaukelt, neigt sich, das Segel wird feucht und schwer, und der Kapitän plumpst ins Wasser und versinkt.

Der Leuchtturmwärter rauft sich die Haare, sein Herz schlägt bis zum Hals hinauf, so ein Unglück, Kapitän, du kannst ja nicht mal schwimmen.

Dann neigt sich das Schiff noch mehr und schlägt um und alle fallen ins Wasser und der Leuchtturmwärter heult, er hat sie doch alle gekannt, sie waren seine Freunde.

4
Die gelbe Wanne ist vom Müll. Eine Horde Jungen steht bis zu den Knien im Wasser, zwischen Angst vor Blutegeln und Hoffnung auf Fang. Wieder und wieder taucht die Wanne ein, doch außer Pflanzen und Wasser ist nichts weiter drin. Die Stelle ist nicht gut, wir müssen weiter ins Schilf. Na gut, aber du gehst vor! Na klar, aber wenn ich was fange kriegt ihr nichts ab. Das ist gemein, wir stehen genauso auf dem Brett wie du. Wir wechseln uns ab, und wer was drin hat, dem gehört's. Ich fang an.

Die Wanne taucht ein, zehn Augen voll Neugier, zwei Augen voll Gier, nichts! Ich mach noch mal! Nichts! Noch mal! Nichts.

So 'n Mist, hier gibt's bestimmt gar keine Fische. Laß mich mal! Die Jungen schieben sich behutsam aneinander vorbei, die Wanne taucht ein, acht Augen voll Neugier, zwei Augen voll Gier, zwei Augen gelangweilt. Nichts! Sag ich doch, hier gibt's gar keine Fische! Aber dafür Blutegel! Blutegel, los kommt, wir hauen ab.

Einer bleibt zurück, taucht die Wanne ein und wartet, hievt sie hoch, nichts, taucht sie ein und wartet länger, zwei Augen voll Neugier, hievt sie hoch und hat drei Stichlinge und eine Karausche.

5
Der Koppeldraht der angrenzenden Weide ist ein Schlachthaus, Rotfedern und Kaulbarsche, winzig, aufgespießt in langen Reihen, die ersten schon vertrocknet, grüner Geruch, Brackwasser und Algen und Fisch, am Wasser drei Angeln, drei Jungen, knarrendes Lachen, Zigaretten, Schnaps, da wieder einer, die sind wie verrückt, beim Aufspießen kommen immer die Augen raus, glubsch, da wieder einer, den zerdrück' ich jetzt mit den Fingern, was willst Du denn Kleiner,

haste noch nie 'n Angler gesehn, da wieder einer, willste auch mal, Memme, hör auf mit Steinen zu schmeißen, sonst hängen wir dich auch so auf wie die da, zum Trocknen, da wieder einer, Asta Platz, den lassen wir jetzt robben, Asta faß, na 'n bißchen schneller Mann, na los, nächste Runde, gib mir auch mal 'n Schluck, ist gleich alle, na los, nächste Runde, Memme, nächste Runde, Memme, nächste Runde.

6

Der Altweibersommer treibt sein Spiel mit braunen Blättern, die Felder sind leer, die Gärten abgeerntet. Alles atmet tief und duckt sich vor dem Herbst. Abendstimmung bestimmt Ruhe in die Straßen, ab und zu fährt noch ein Auto, seltsam leise. Eine Garagentür schließt sich knarrend, und der Mann geht langsam über Kies, darunter ist Wasser, das weiß er, es war nicht leicht, den Flecken trocken zu legen. Hinter den Garagen war früher eine Koppel, da wo der Zaun stand ist wieder ein Zaun, nur höher, dahinter sind Kohlenhalden und Straßenlicht. Der Mann bleibt stehen und sieht hinüber, und im Dunkel, das langsam über seinen Rücken kriecht, läuft ein Reh den Zaun entlang, hin und her und hin und her. Minutenlang steht er unschlüssig, dreht langsam um, die Garagentür knarrt, in seiner Hand ist es schwer und kalt, und dann stehen beide vor dem Loch und sehen sich sekundenlang an, und der Mann geht einen Schritt zur Seite und das Reh haut ab in die Dunkelheit.

Osten

Der Abend hatte sich mit Nebel behangen. Ich war spät dran, Buch und Blumentopf unterm Arm, beides schön eingepackt. Der Weg zum Auto war nicht weit, hastige Schritte, Tür aufreißen, Schlüssel ins Schloß, starten.

Und dann saß ich und starrte auf die schwach glimmenden Lämpchen vor dem Lenkrad, bis mir einfiel, die Scheinwerfer endlich auszuschalten. Die hatten den Nachmittag beleuchtet bis die Batterie nicht mehr konnte. Schön.

Was jetzt? Aussteigen und hoffen, daß jemand kommt, oder Straßenbahn. Es kam jemand, es kam ein dicker Audi und suchte einen Parkplatz. Der Audi hielt tatsächlich, Parkplatz gegen Starterkabel. Der Audi schob sich längsseits, ein Mann stieg aus und war sogar freundlich. Aber die neuen Starterkabel wurden bloß warm, Kontaktschwierigkeiten. Wir probierten und probierten, es ging nicht. Der Mann wurde eifrig, ich wurde eifrig, der Audimotor heulte, es ging nicht, wir rauchten. Dann kamen wir darauf, daß man mein altes Auto noch anschieben können müßte. Wir kamen darauf, weil ein Rapper in standesgemäß weiten Hosen und Basecap auf dem Kopf mit schwingendem Gang vorbeikam und grinste. Und dann schoben die zwei, und mein Auto sprang an, und der Audifahrer sagte was von Fußball, von dem er grad käme, und daß er scheinbar noch ganz gut trainiert sei, und der Rapper sagte auf mein Danke, daß es schon in Ordnung sei, und der Audi und mein Peugeot sahen im Dunkeln plötzlich verdächtig nach Wartburg und Trabbi aus, und der Fußballer, der Rapper und ich standen und rauchten, als hätten wir gerade in diesem Augenblick Sisyphos' Stein ganz locker auf den Berg geschossen, und kein Torwart der Welt hätte auch nur die geringste Chance gehabt, diesen Ball zu erwischen.

Feuer

Gyrosfleisch, Hähnchenbeine, Gulasch, es sollte ein kleines Fest werden. Eine kleine Überraschung für die Familie. Zwei Töchter, ein Vater, schon im Hausflur sollte es duften. Beim Aussteigen aus dem Fahrstuhl sollten sich schon die Nasenflügel weiten.

Dann klingelte dieser Mann, Leipziger Verkehrsbetriebe, Umfrage. »Sie waren so freundlich am Telefon. Wir möchten uns bedanken, eine Probemonatskarte.« Sie trat vor die Tür, die Tür schlug zu. Es roch nach Braten.

Der Mann begriff nichts, sie begriff sofort. Kittelschürze, Leggins und Hauslatschen. Sie ließ den Mann stehen. Die Nachbarin, die Freundin, deren Mann, Arbeitsloser vom Bau, sie hetzte mit ihm zurück. Der Blauuniformierte stand immer noch, es duftete im Hausflur. Die neue Tür erwies sich als stabil, sehr stabil, einbruchhemmend. Die Männer hantierten, fingen an zu schwitzen und bewerkstelligten nichts. Sie hetzte durch die Etage, noch ein Mann, noch einer. Es wurde eng vor der Tür. Die Männer rissen sich gegenseitig das Werkzeug aus der Hand und redeten aufeinander ein. Es fing an, verbrannt zu riechen. Drinnen klingelte das Telefon. Sie schloß ihre Augen und sah die Küche vor sich, den Herd, den Topf, zwei Pfannen, langsam verkohlende Fleischstücke auf glühender Platte, Fettspritzer, die Männer gerieten in Streit. Der vom Bau sprach von einem Vorschlaghammer, den er im Keller hätte. Aus den Türritzen drang feiner blauer Rauch. Es stank. Der Fahrstuhl öffnete sich mit seinem altmodischen Glockenton, noch ein Mann. Sie dachte an das Märchen von der Rübe, und wie sie sich als Kind immer gefreut hatte, daß die winzige Kraft einer Maus den Ausschlag gegeben hatte. Der Mann vom Fahrstuhl war nicht die Maus. Der Rauch aus den Türritzen wurde dicker, die Männer wurden hitziger, an der Tür zeigten sich Schrammen, der vom Bau brüllte »Scheiße«, der Blauuniformierte fand das unangebracht. Dann kam doch die Maus, das Mäuschen, die Jüngste, schlendernd und pfeifend, Schule aus, nach Haus. Sie rannte ihr entgegen, riß ihr die Schultasche aus der Hand, wühlte fieberhaft zwischen Büchern und Heften, der Schlüssel, nicht vergessen, nicht verbummelt, rannte zur Tür, der Rauch drang aus den Ritzen, das Mäuschen guckte verständnislos auf die Männer, die Männer traten beiseite, zogen die Bäuche ein, der Schlüssel glitt ins Schloß, die Tür flog auf, alle husteten.

Der Abend

Der Abend ist fortgeschritten, draußen dunkelt der Herbst schon gegen sechs, jetzt Abendbrot, ein Buch angeguckt und Zähne geputzt, wir kuscheln noch ein bißchen und dann kommt das Schlaflied, dabei über die Haare streichen und Locken um die Finger drehn und Ärmchen um meinen Hals und in der Kuhle zwischen Kissen und meinem Bart, dein Gesicht.

Der Mond ist aufgegangen, die goldnen Sternlein prangen am Himmel hell und klar. Du kuschelst dich noch mehr in die Kuhle und verdrehst langsam die Augen, fast schon hast du deine gleichmäßigen Atemzüge, da klingelt das Telefon. Schlagartig bist du wieder wach und ich haste in den Flur, ja? Ach du bist's, ja, lange nichts gehört, schön, daß du anrufst. Ich setz mich auf den Teppich, da tapst es hinter mir: Wer ist denn da? Ich auch mal, oh bitte.

Ich halte dir den Hörer hin und du wechselst ein paar Worte in deiner Sprache. Ich kann mir das Grinsen kaum verkneifen. Dann mußt du noch aufs Klo und dann liegen wir wieder und du kuschelst dich in die Kuhle und ich singe ganz leise: Der Mond ist aufgegangen, die Rrrrrrrrrr, deine Augen klappen auf, ich haste in den Flur, setze mich auf den Teppich, ja, geht klar, alles wie besprochen, gut, daß du anrufst, es tapst, ich auch mal, ich halte dir den Hörer hin und du redest ein paar Worte. Dann willst du noch was trinken und dann liegen wir wieder, du kuschelst dich in die Kuhle und ich streich dir übers Haar. Der Mond ist aufgegangen Rrrrrrrrrr, du klappst die Augen, ich haste, schön, daß du anrufst, ich auch mal, dann liegen wir wieder, ich streich dir übers Haar und halte den Atem an. Der Mond ist Rrrrrrrrrr, du klappst, ich haste, ja, ich auch mal, dann liegen wir wieder und ich knautsch heimlich das Kissen vor Freude, der Hörer liegt neben dem Apparat. Sanft streich ich dir übers Haar, draußen auf dem Balkon klappert der Herbstwind leise mit ein paar Plastikschälchen, du kuschelst dich an meinen Bart und ich atme tief durch: Der Mond, Ding-Dong.

Russisch

Neben mir sprach es eine ältere Frau aus: Wie kommt so einer mit 'nem Stuhl auf die Straße?
  Nun, er wird hingegangen sein, dachte ich, wußte aber im gleichen Moment, daß hier Flapsigkeit nicht so richtig paßte. Der da saß und sang, ich hätte ihn mir in der Oper vorstellen können, besser, ich konnte ihn mir nicht auf der Straße vorstellen, obwohl er nur ein paar Meter entfernt hantierte. Weißes Hemd, schwarze Hose, älterer Herre, und dazu ein Organ, daß mir die Ohren pfiffen. Und wenn er sang, zur wuchtig klassischen Musik aus seinem Recorder, war er ganz bestimmt nicht hier, das merkten alle, die stehen blieben.

Kassetten hatte er auch und ein schönes Bild aus der Vergangenheit, ein Operntenor in vollem Staat auf der ersten Seite einer großformatigen, farbigen Illustrierten, lächelnd, eine Hand halb unterm Frack versteckt. Den Hintergrund bildete ein monumentales Gebäude mit geschwungener Freitreppe unter einem riesigen Feuerwerk. Das Bild im aufgeklappten Koffer nahm sich noch seltsamer auf den groben Betonplatten der City aus als der Mann selber, der schwitzte, vor einer Litfaßsäule mit Bild ohne Feuerwerk, und fuhr sich nach jedem Stück mit einem gelben Tuch unsicher über die Stirn.

Der Schock der Leute war echt und die Münzen klimperten reichlich vor das Bild in den Koffer. Der Mann lächelte dazu und sagte andauernd kaum hörbar »Spassibo«. Und dann drückte ihm ein Obdachloser unter allgemeinem Raunen einen zerknitterten Zwanzigmarkschein in die Hand, den der Russe nahm und schnell zu den Münzen in den Koffer legte. Man sah, wie sehr er sich schämte, und ich dachte, daß er vielleicht vor gar nicht allzulanger Zeit an der hiesigen Oper gastiert hatte, die kaum fünf Minuten zu Fuß entfernt sich monumental auf einem freien Platz räkelt, und wie es bei ihm zu Hause aussehen mußte, daß er hier in der knallenden Nachmittagshitze saß.

Aber dann ging ich weg. Die Münzen klimperten mir zu hastig und zu hell und der Obdachlose war vielleicht gar kein Obdachloser.

Amtsgericht

Anlaß war ein Knöllchen. Ich, das erste Mal in dem Gebäude, welches niemand aufsucht, um mal einen Blick hineinzuwerfen, tappte über die langen, grau beläuferten Gänge zwischen strahlend weißen Wänden und graugesichtigen, hetzenden Bürodamen und Herren.

Dann Zimmertür mit Schaukasten, eine Liste mit Namen und Uhrzeiten, Verhandlungssache sowieso, zwischen fremden der eigene Name. Ich war also eine Verhandlungssache, hatte eine Nummer, eine Uhrzeit, und für die klageführende Seite stand ein Zeugenname, Frau Meier oder Frau Schulze, in derselben Zeile, eigentlich nichts, was beunruhigen könnte. Es ging um ein Knöllchen und der Name, der da stand, war der der Politesse, und das Geld, um das es ging, war keine große Summe.

Und trotzdem schaute ich, neben der Tür sitzend, unruhig den Gang entlang; hier war eine deutsche Amtsstube und hinter den Türen saßen Richter und Ankläger und Beklagte, und hinter der Tür wird Recht gesprochen.

Irgendwann wurde dann mein eigener Name aufgerufen. Der Sitzungssaal sah irgendwie doch nicht so aus, wie ich ihn mir vorgestellt hatte, auch wenn der Richter tatsächlich eine schwarze Robe trug. Einen winzigen Augenblick lang war das komisch, auf alle Fälle schien es unverhältnismäßig, Kanonen auf Spatzen oder so.

Ich nahm Platz, der Richter grinste und machte auf Papi, die Politesse trat in den Zeugenstand, das heißt, sie setzte sich auf einen der blaugepolsterten Stühle und sagte ihr Sprüchlein. Dann kam leutseliges Zur-Sache-Vernehmen, bei dem ich die ganze Zeit das Augenzwinkern nicht los wurde, das da meinte: ›Klar, probieren ist erlaubt, irgendeine kleine Ausrede, wir wissen doch wie es ist, und die Parkscheinautomaten, die funktionieren doch immer, na na, so eine kleine Lüge, aber jetzt ist's genug, gell? Und wenn Aussage gegen Aussage steht: Was hätte die Kollegin schon für einen Grund, die macht doch nur ihre Arbeit, und Sie, na wir kennen doch unsere Pappenheimer.‹

Am Ende wurde ich vor die Wahl gestellt: Einspruch zurücknehmen oder Urteil, Urteil war zehn Mark teurer und noch eine Möglichkeit, die gab es bei solch einer Bagatelle nicht, nein, hier war die einzige und letzte Instanz, und das Ganze wieder mit dem Augenzwinkern: ›Probieren ist ja erlaubt, aber hier bei Papi, da lügt man doch nicht, gell?‹

Und als ich dann auf der Straße stand und die zehn Mark gespart hatte, und immer noch den Kopf schüttelte und zu meinem Auto zurückging, dann fiel mir ein, daß ich mich für zehn Mark zum Lügner stempeln lassen hatte, ganz locker bei Papi, weil der eine schwarze Robe trug, und die Gänge so weiß waren, und die Bürodamen und Herren so amtlich und geschäftlich hinter den Türen verschwanden, und weil ich noch nie auf einem Amtsgericht war, und weil die Obrigkeit die Obrigkeit ist, und ein Beklagter ein Beklagter.

Und dann dachte ich darüber nach, was da in mir funktioniert hatte, bis ich stinksauer war und die zehn Mark sehr teures Geld fand.

Krise

Nichts, aus meinen Händen, nichts aus dem Kopf, aus dem Bauch, von der Haut, trocken, nichts liegt, nichts steht, nichts geht, Loch, Loch, halliges Loch, keine Treppe, kein Seil, Stufen knoten, Knotenstufen, kein Paket, kein Brief, alles schweigt mich in mich hinein, leer, leer, alles ist albern, müde albern, kein Schweiß, kein Steiß, nur Scheiß, es findet Nichts wirklich statt, alte Bücher sind müde, alte Frauen tippeln, alte Männer wackeln, immer an den Wegrändern, wo die Hundehaufen liegen. Sonne scheint drauf, Alte starren drauf, wann ist der letzte Schiß, wann bin ich alt, jetzt bin ich alt, alles läuft, und die jungen Mädchen haben verdächtig fette Ärsche. Die Töchter wiegen doppelt so viel wie die Mütter, wupp wupp, schlabberndes Gelatsche und das ewig gleiche Pumpen von qualliger Suppe, überall Nürnberger Trichter, sie lieben ihre Nürnberger Trichter, da kommen fettärschige Mädchen raus, wupp wupp, wie ein Fischer in Gummistiefeln, wenn ich ein Junge wäre, ich würde lieber schwul. Bin aber kein Junge mehr und hab keine Lust, von jedem für bescheißenswert gehalten zu werden, aber immerhin, natürlich, wenn sie nur nicht so blöd dabei wären, aber sie sind blöd, saublöd, das ist die Vereinbarung der Trichter, mindestens saublöd, es purzelt und purzelt, Einzelteile, jede Menge Einzelteile mit fetten Ärschen, winzigen Köpfen, verstrahlt von rasenden Bildern, Geschwindigkeiten, denen nicht mehr zu folgen ist, aber wozu auch, die Bauarbeiter schieben ihre Karren, bis der Chef sagt, daß Feierabend ist. Sagt der aber nicht, Leben steht auf Papieren in Ordnern in Regalen in weißen Büros mit den breitgesessenen Ärschen von Müttern, die für die fetten Ärsche ihrer Töchter Adonis, vor allem aber die Haube, ach, auch ein Häubchen tät's, sind ja schwierige Zeiten, nur nicht zu viel von allem, wollen, schon gar nicht vom Glück wollen, wollen dicke Knollen, die Mütter, und daß vor den Ämtertüren die Leute brav warten, das ist wichtig. Die Reihe ist wichtig wie der Sessel in der Wohnung, abartige Kästen mit ausgetrockneter Luft, aber ich komm vom Thema ab, nichts aus meinen Händen, nichts aus meinem Kopf, ich seh die Sonne über Feldern, aber wem soll ich sagen, daß ich die Sonne über Feldern seh, gut, sag ich's mir, sag mir, daß die Sonne über Feldern steht und denk dabei nicht an Mülltransporte und die internationale Raumstation, und auch nicht an die Wellen von ein paar hundert Sendern, die mich jeden Tag kreuzen und mit denen ich nicht das Geringste anfangen kann. Ich glaube nicht mehr, da brauch ich auch nicht einzuschalten. ›Ich glaube nicht mehr‹ ist ein schlimmer Satz, nicht schön, kindlicher Glaube ist schön, zum Beispiel, dieser Apfel da, das ist ein Apfel, und ein Apfel schmeckt gut, warum muß es immer ein Apfel sein, genormte Äpfel sind wie genormte Ärsche wie genormte Scheiße wie genormt: Ich bekenne, daß ich ohne Schwachsinn nicht leben kann, ich bekenne, daß ich ohne deutsche Schlager nicht leben kann, ich bekenne, daß ich euch alle lieb habe und daß Vieh immer noch besser ist als dämliche Schafe, wupp wupp, oder Fischer in Gummistiefeln, ach, wenn ich ein Junge wäre, ich würde ganz bestimmt schwul.

Und ich höre zu

Da ist, das läßt sie nachts nicht schlafen, geistert wie Schatten, wie Hauch, Seide. Wenn ihre Finger greifen ist es ein Griff in Leer. Bei Castaneda hat es in den Augenwinkeln geflimmert. Sie hat das Licht angemacht. Vielleicht ist's auch das Über-Ich, sagt sie. Weiß' der Dachs, sagt sie.

Auf jeden Fall stiehlt es Nächte. Auf jeden Fall bringt es Drang nach Bewegung. Aber genau weiß sie das nicht, sagt sie. Es kann auch was anderes sein. Und laufend tauchen Mini-Erlebnisse aus der Kindheit auf, Augenblicke, Situationen, die sich sonst keiner merkt. Aber es kann auch am Herbst liegen. Der Sommer ist gegenständlicher. Bäume und Grillfeuer und so. Da ist Bewegung körperlich.

Wenn sie einmal greifen könnte, greifen und halten. Und betrachten, das wär schon was, sagt sie. Muß doch mal was bringen. Aber gehetzt ist sie nicht. Gehetz ist am Tag genug. Das verdrängt.

Nach ein paar Stunden Ruhe ist es da. Das hat nichts mit der Lage zu tun, sagt sie. Deshalb kann auch niemand helfen, ein Psychologe oder sowas.

Und haben möchte sie schon, sagt sie. Den Augenblick. Wie bei Faust vielleicht oder Enzensberger, die alten Anarchisten. Aber die Leute haben andere Probleme, andere.

Die Leute haben zuviel Erde in sich und zuviel Metall. Wie soll man sich bei soviel Gewicht lösen, sagt sie.

Und ich höre zu.

Zeit

Die stolpert gerade wie ein kleiner Junge, der beim Eislecken die Bordsteinkante übersehen hat. Der Junge fällt nicht, das Eis, ja, das Eis fällt. Es klatscht auf die Gehwegplatten. Der kleine Junge hat Prioritäten gesetzt und das Eis, das Eis ist nur noch ein kleiner unansehnlicher Haufen, der in der Sommersonne bald auseinanderläuft. Die Waffel bleibt kleben. Aber die Waffel ist kein Eis. Der kleine Junge heult, bis Oma oder Mutter oder Vater es nicht mehr hören können, bis sie am Eisstand stehen. So ist das. Das Eis fiel, der kleine Junge stolperte bloß. Und am Stand gibt es neue Eisleckzeit.

Treffen in B

Sonntag, Nachmittag, Weltzeituhr. Der Tag nimmt seinen Namen wörtlich und bescheint die hingetragenen Grünflächen auf dem Platz, der mit den bekannten Häuserfelsen umgeben ist, auf denen mit der Zeit alle Überschriften ausgetauscht worden sind. Der Platz ist voll, ein paar Menschen mit Transparenten, die Sprechchöre laut sprechen, ein paar Menschen, die mit Inbrunst die Krishna-Litanei singen, mit Glatzen über flatternden Gewändern, umspült von bummelnden Bummlern. Der Vergleich zwischen den Inbrünsten drängt sich auf. Aber bevor du anfängst zu denken, erfolgt das, wozu man immer noch an die Uhr geht: man erkennt sich, man trifft sich und dann sucht man sich ein Café mit in der Sonne schmelzenden Plastikstühlen, was das Hinsetzen für einen Augenblick unsicher macht. Und dann schaut ihr euch an, umbraust von Stadt und den Tönen abgedrehter Straßenmusikanten und Herren auf Rollschuhen, und es braust um diese Insel, über den Tisch und durch die Töne erzeugenden Münder, Töne die dazu da sind, das möglich zu machen, was Kommunikation heißt, und die Stadt macht mit und schwingt mit und färbt die Reden.

Natürlich schwingt noch was anderes mit, wenn man sich mit Worten betastet, sich kennenlernt. Aber diese Stadt, die sich so dick macht, nimmt sich ihr selbstverständliches Recht und ihren Einfluß und rückt die Größe der Sitzenden, euch Sitzenden und mit Worten tastenden, so nachdrücklich zurecht, daß ihr unwillkürlich lachen müßt und euch einer Kindlichkeit nicht entziehen könnt, die ihr scheinbar beide schon lange nicht mehr hattet.

Wenn das Treffen dann zu Ende ist und du mit deinem Auto durch das Gedärm dieser Mutter hastest und ein Teil davon gesperrt ist für etwas, das sich Avus-Rennen nennt, dann fluchst du deine Frontscheibe an, bis dich die Autobahn erlöst. Erst später fällt dir auf, daß in dem Fluchen nicht ein einziger Vorwurf steckte, und dann denkst du, daß du diese Stadt mit ihrer Weltzeituhr immer noch und immer wieder gut leiden magst.

Die Wiese ist grün, latsch, latsch ...

Latschen, Römerlatschen, Jesuslatschen, Sandaletten! Latschen mit schwarzer Gummisohle. Die ist vielleicht noch zwei Millimeter dick. Und die Riemen sind alle schon geflickt.
　Sobald's an den Bäumen grün hängt, hängen sich die Latschen an meine Füße. Ein Automatismus, der mir jedesmal erst nachher auffällt. Mit dem Grün und den Latschen wallen Tramptouren ins Gehirn, Lagerfeuer und Gitarrengeklimper, eine Art Wandervogelbewegung, untermalt von Selbstfindungsversuchen und Meeresrauschen von der Ostsee.
　Hämisch hüpfen die Latschen an meine Füße, und kein Gedanke an Käseglocke und Schwulst scheint das verhindern zu können.
　Dabei ist es wirklich albern, die Träger haben meistens Bierbäuche und graue Strähnen in ihren Zöpfen. Wer läuft schon gern als Fossil herum und fühlt sich dazugezählt? Aber die Latschen warten geduldig den Winter über und kaum scheint die Sonne, flupp, hängen sie an meinen Füßen. Und damit werden meine Schritte anders, ich latsche. Ich latsche wie ein bierbäuchiger Zopfträger, völlig aus der Mode und von Zeit zu Zeit scheel beguckt von igelköpfigen Turnschuhträgern, die nicht wissen, daß es zu DDR-Zeiten keinen Hanf gab und einem somit eine lange Raucherkarriere unterstellen. Dazu unterstellen sie manchmal ein Art Eremitendasein.

Aber da geht es ihnen wie den Omis und Opis, die sich immer noch nicht an Zöpfe an Männerköpfen gewöhnen können.

Die Latschenträger latschen zwischen Omis und igelköpfigen Turnschuhträgern und werden nicht mal den Blumenkindern richtig zugeordnet. Und selbst bei jungen Gemeinden auf Ausgang sieht man solideres Schuhwerk. Aber das hat vielleicht andere Gründe.

Was mache ich mit meinen Latschen? Es gibt kaum etwas Bequemeres im Sommer, das einzige Argument dafür. Aber das ist kein Argument. Plattfüße sind nicht hip. Nostalgie ist nicht hip, Bierbäuche sind nicht hip.

Aber Latschen sind ein friedliches Schuhwerk und Fußball kann man damit auch nicht spielen, und ich schiele zu meinen Füßen hinunter, friedlich und kein Fußball.

Ich werde also doch den neulich abgerissenen Riemen flikken und weiter jeden Sommer, trotz Zöpfen, Bäuchen und scheelen Blicken, latschen. Ohmmmm.

Wenden des Kopfes

Schritt – Tappen, Tappen – Stolpern, Stolpern – gestoßener Zeh, gestoßener Zeh – Schmerz.

Das hat man nun davon und senkt den Kopf und steht vor einer Bordsteinkante. Gewichtig so ein Straßenrand, gewichtig so ein Rand. Danach kommt Wiese mit ein paar Bäumen drauf. Der Zeh schmerzt. Die Bäume verschwimmen etwas.

Dann: Schritt aufs Gras, unbeobachtet, der zweite Schritt, Hundehaufen. Der Rand ist, soweit die Leinen reichen, hündisch. Der Geruch, die Farbe, die Konsistenz. Der dritte Schritt biegt die Halme weicher, auch unbeobachtet.

Der Leinenbereich, der Rand, geht beim Wenden des Kopfes zusammen. Eine Bewegung mit der Änderung eines Winkels und der Weichheit von Schritten. Das Tappen wird von Tasten erlöst, vom Rand aus die gleiche Bewegung.

Ein Hund macht eine neue Markierung, beobachtet. Und riecht an ihr. Und legt fest. Gewichtig, so eine Markierung am Rand. Der Schmerz läßt nach. Die Bäume kommen näher.

Auf der Straße quietschen Reifen Häme auf den Asphalt bis zur Kante. Der Hund zieht den Schwanz ein. Die Bäume stehen still.

Der erste lädt ein, seine Rinde zu beschreiben, der zweite hat sich beschrieben, der dritte beschreibt.

Der gehobene Kopf sieht an seinem Körper hinab. Der gehobene Kopf sieht auf den Stamm. Der Hund jault die Häme der Reifen an. Der Hund jault von hinten. Die Bäume stehen still. Der Hund jault Erinnerung.

Der Kopf traut seinen Ohren nicht und wendet sich zurück.

Modern

Du bist modern, wobei: was ist das? Eigentlich? Aber wenn du in einer Kaufhalle kleingefaltete Scheine findest und beim Auseinanderfalten feststellst: Das sind dreißig Mark, und wenn du dann für einen kurzen Augenblick unschlüssig rumstehst, um dann doch zur Kasse zu gehen, kann ja sein, daß sich jemand meldet, eine klapprige Oma vielleicht, oder eine gehetzte Mutter, oder einfach irgendeiner, und die Kassiererin guckt so komisch und nimmt das Geld, und du fühlst dich für den einen Augenblick gut, die alte Oma freut sich bestimmt, und wenn du dann ein paar Tage später nachfragst und es hat sich doch niemand gemeldet, und wenn du dann nach den dreißig Mark fragst, weil der Gedanke nicht allzufern liegt, daß du die nicht ganz nicht gebrauchen könntest, und wenn die Kassiererin schulterzuckend und mit einem bedauernden Lächeln sagt, daß es ihr leid tue, das Geld aber längst abgerechnet sei, schon am Abend desselben Tages, als du es ihr gabst, Bestimmung der Geschäftsführung, und wenn du darauf etwas ungläubig guckst und dir die Frage nicht verkneifst, wo du denn in einer Kaufhalle gefundenes Geld abgeben sollst, wenn nicht an der Kasse, soll auch vorkommen, daß jemand verlorenes Geld vermißt, und die Kassiererin daraufhin nur bedauernd die Schultern zu zucken weiß, nicht ohne ein eigenartiges Lächeln in den Mundwinkeln über soviel Blödheit, dann kannst du feststellen, daß du ganz bestimmt nicht modern bist.

Geschäftliche Begegnung in L

Sie saß ihm gegenüber, unsichere braune Augen fixierten ihn abwartend, und auf dem Tisch, inmitten des Kneipengebrodels, lagen ihre dicken Kalender in wunderlichem Kontrast zu beider Kleidung und Geldbörse, ein Vorgriff oder eine dieser seltsamen Hoffnungen, die sowieso nie was werden.

Dann kam die Kellnerin, so lernten sie sich unversehens kennen, über all die tastenden Worte rückten sie, ohne es schon zu wissen, ein Stück näher aneinander, rauchten und warteten auf die Gläser. Sie begann doch vorsichtig über sich zu sprechen, er schmunzelte über die Strähne roten Haares, die ihr immer wieder auf die Nase rutschte und über die vielen Worte, die sie brauchte, um sich gut zu verstecken, ihre Ausfälle zu tarnen, ihre Blicke für Sekunden gerade in seine Augen, die nicht auswichen, nicht auszuweichen brauchten, weil er schon wußte, daß er nicht alles sagen würde und es wohl auch nicht brauchte, weil sie seine Scham nicht nötig hatte.

Als die Getränke kamen, rauchten sie wieder und mischten den Grund für diesen Abend mit dem Grund, der immer da ist, wenn sich Mann und Weib begegnen und es wurde am Tisch Wärme, Entspannung, der nur die eckigen Stühle zuwider waren, bis sie umzogen, an einen anderen Tisch. Da gab es eigentlich keinen Grund mehr, hier noch zu sitzen, den ersten jedenfalls nicht, obwohl das Gespräch in seinen Bögen ihn dann und wann noch streifte wie eine Rückversicherung, was er immer wieder mochte, und sie wußte, was auch ihre war. Als das Klappern der Absätze von letzten Gästen und das Schrammen auf Tische gestellter Stühle beide weckte, gingen ihre Schritte Augenblicke später über die Bordsteine nebeneinander her und jeder dann zu einem parkenden alten Auto und beide schoben die Schlüssel ins Schloß und warteten wohl eine Sekunde zu lang, um es nicht merken zu können und drückten sich darauf aneinander, ohne Eile, für ein paar Augenblicke fragende Hände, erfahren genug, um nicht zu zittern, unerfahren genug für eine Gewohnheit, und der ruhige Abschied hatte die Gewißheit eines Wiedersehens. Dann klappten die Türen in den Wintermorgen und die Motoren sprangen an. An den Häuserwänden der City kreuzte sich der Schall zweier davonfahrender Autos.

Er Sie Es

Die Polizisten standen da, bedeppert. Obwohl, sie stammten nicht aus Bayern. Aber vielleicht hatten sie schon mal Berge gesehen. Doch wenn, dann mußte das schon einige Zeit her sein. Sonst würden sie vielleicht nicht so bedeppert dastehen, in ihren schwarzen Jacken und mit verrutschten Mützen auf den Köpfen, und in je einer Hand die Dienstwaffe. Wie steht man oben an der Kante eines Hauses mit östlichem Flachdach und schaut in die Dunkelheit einer schmalen Straße mit kaputten Laternen hinab, wenn Dienstwaffe, schwarze Jakken und verrutschte Dienstmützen so plötzlich funktionslos geworden sind? Bedeppert. Dabei hätten sie es fast gehabt, endlich. Dieses Mensch, das ihnen nun zum dritten Mal über den Weg gelaufen war und immer sofort Kehrt-Marsch gemacht hatte. Dieses Mensch, es war nicht zu erkennen ob Mann oder Frau, sie hatten sich schon zweimal darüber gestritten und würden sich nun ein drittes Mal darüber streiten können. Wenn dieses Mensch nicht doch ein paar Etagen tiefer mit gebrochenen Beinen liegen würde. Aber es hatte keinen Aufprall gegeben, also war es wieder entwischt.

Die Polizisten holten Luft, rückten ihre Dienstmützen gerade und steckten die Pistolen in die Halfter zurück. Schelm, wer dabei an Pferde denkt. Pistolen sind keine Pferde. Pferde sind groß und weich und warm und was für kleine Mädchen. Pistolen sind klein und kalt, solange aus ihnen noch nicht geschossen wurde. Wenn aus ihnen geschossen wurde, sind sie zwar nicht größer, aber warm. Doch sie würden sich noch um etwas anderes streiten können, dieses Mal. Wie konnte dieses Mensch so schnell und fast lautlos hinter der Kante verschwinden? Keine Leiter zu sehen, nicht mal ein Fallrohr, auch kein Blitzableiter. Nur Wand mit ein paar Fenstern. Das war jedenfalls zu vermuten.

Aber wer stellt sich schon so nah an eine Kante, wenn rund sechs Meter freier Fall drohen? Sechs Meter sind nicht wenig. Und wer eine Familie zu versorgen hat, der hat Verantwortung. Und wer Verantwortung hat, der geht kein unnötiges Risiko ein. Polizisten mit Familie sind gehandicapt und sollten sich einen anderen Job suchen. Die beiden beschlossen, von unten nachzusehen, ob und wie viele Fenster an der Hausseite den Tag über Licht ins Innere lassen. Vielleicht fanden sie es jetzt auch albern, daß sie ihre kleinen kalten Dinger aus den Halftern gerissen hatten. Der Abstieg war jedenfalls mühselig, nichts für ungeübte Kletterer. Die Dienstmützen verrutschten aufs neue. Darüber könnten sich die Chefs mal Gedanken machen. Das Praktische einer Dienstmütze steht in Frage, fanden beide und fingen nebenbei darüber zu streiten an, ob dieses Mensch nun eine Frau oder ein Mann wäre. Auf jeden Fall konnte es schnell rennen, zu schnell für zwei Polizisten mit Familie.

Als die beiden endlich unten auf der Straße standen und hinauf schauten, stand das Mensch oben und grinste hinunter. Die beiden Polizisten standen wieder bedeppert da. Das ist ein Zustand, bei dem einem der Mund offen stehen bleibt. Man sieht nicht besonders intelligent aus mit offenem Mund und nach oben gedrehtem Kopf, auf dem die Dienstmütze nach hinten rutscht. Aber für die Mützen hatten die beiden keinen Gedanken. Sie vergaßen auch, ihre kleinen kalten Dinger aus den Halftern zu ziehen, denn das Mensch streckte ihnen die Zuge heraus und verschwand dann.

Darauf senkten die beiden ihre Köpfe zurück in Normallage. Sie brauchten nicht wieder hinaufzusteigen, das wußten sie. Das Mensch war längst über alle Berge, bevor sie auch nur um das Haus herumgehastet wären. »Wir werden es schon noch erwischen«, sagte der eine. »Und wenn es nur darum wäre, zu wissen, was es nun ist«, entgegnete der andere.

»Aber vielleicht ist es gar keins von beidem«, sagte nachdenklich der eine.

»Weder Mann noch Frau?« fragte der andere.

»Wenn es Mann oder Frau wäre, hätten wir es längst gehabt«, sagte der eine.

»Aber wenn es kein Mann und keine Frau ist, was soll es dann sein?« entgegnete der andere.

»Wenn es keins von beidem ist, dann geht es uns nichts an«, sagte entschlossen der eine.

»Meinst Du?« fragte der andere.

»Mit Sicherheit«, entgegnete der eine.

Und beide beeilten sich, aus der dunklen unbeleuchteten Gasse hinauszukommen ins Licht der Hauptstraße. Dort stand ihr Dienstwagen friedlich mit Aschenbecher und Radio und weichen Sitzen.

»Gut, daß sich nicht aus Versehen ein Schuß gelöst hat«, sagte der eine.

»Wäre auch beunruhigend, wenn man nicht mal weiß, auf was man geschossen hätte«, entgegnete der andere.

Pflaumenmus

Entdeckt hatte ich sie voriges Jahr, Bäume mit Pflaumen dran. Links Neubauten, rechts Neubauten und in der Mitte Pflaumen, eigentlich genau vor der Tür. Ein bißchen wunderte ich mich, daß sie so hingen, von Kindern sozusagen unterwandert, aber kein bißchen wahrgenommen. Vorsichtig kostete ich eine, süß und reif und ganz Pflaume und wartete auf Magenkrämpfe. Nichts geschah und die Bäume hingen voll, übervoll, ein paar Knirpse beäugten mich mißtrauisch. Einige Tage aß ich, Mirabellen, Eierpflaumen, Kuchenbackpflaumen, und an den Bäumen wurde es nicht leerer und der Boden bedeckte sich mit Abgefallenen, über die sich Bienen und Maden freuten. Vielleicht regte sich ja der Bauer in mir oder irgendein anderer Vorfahr, jedenfalls konnte ich die Früchte nicht so einfach abfallen sehen.

Als erstes hetzte ich die Kinder auf, aber nach ein paar Tagen stellte sich heraus, daß auch sie das nicht schaffen würden. Da kam der Zufall in Gestalt einer Omi, und ein paar Minuten später ein Nachbar mit einem alten Kochbuch, der mir unter P gleich fünf oder sechs Rezepte zeigte. Am gleichen Abend köchelte der erste Topf vor sich hin. Heraus kam dunkles, unerhört kräftig schmeckendes Pflaumenmus in Mengen. Ich begann, es gläserweise zu verschenken, erntete Verblüffung und Grinsen und schmatzende Münder. Du kochst Pflaumenmus? Was ist denn mit dir los? Hast du nichts zu tun? Ich hatte was zu tun, jede Menge sogar.

Aber das war vergangenes Jahr. In diesem Jahr werde ich in letzter Zeit merkwürdigerweise dauernd gefragt, ja ich werde als Fachmann gehandelt, und dabei geht es längst nicht mehr nur um Pflaumenmus. Dabei habe ich gar keine Ahnung und werde mir wohl bald ein Kochbuch zulegen müssen. Was kann man aus Gartenfrüchten machen, oder so. Und außerdem pflücken jetzt alle Leute in der Gegend Pflaumen, und die Kinder werden ganz wild, kaum daß sich das erste Gelb oder Rot an den Bäumen zeigt. Wenn das so weiter geht, werde ich wohl nicht viel davon abbekommen. Neulich saß sogar ein Chinese bei den Eierpflaumen und pflückte ganz professionell. Sogar bis China haben sich die Pflaumenbäume schon herumgesprochen, da wird es wohl nicht mehr lange dauern, bis der erste Farmer aus Amerika hier eintrifft. Das hat man nun davon.

Frage

»Wo bin ich eigentlich?«

Natürlich macht es nichts aus, diese Frage zu stellen und natürlich ist das Märchenhafte, das aus einem Traum gekommene, nicht zu übersehen. Natürlich könnte man jetzt das jammernde Subjekt erwarten, auch das Verwunderte, Überraschte, sich die Augen reibende. Und natürlich könnten sich vor dem Jammernden schon bei der Frage die Därme zusammenziehen und sich das Gesicht versteinern. Und natürlich ließe sich diese simple Frage ohne weiters einem Märchenfilm zuordnen, einem russischen oder einem amerikanischen, Peter Pan vielleicht. Nur, das würde der Frage wohl sofort etwas unterstellen, ihr die Kindlichkeit nehmen, sie verdrehen oder auch ins Gegenteil verkehren und somit ganz wunderbar und wie nebenbei, intellektuell sozusagen, das Überhören, nicht das Wahrnehmen, gar nicht erst stellen, kaschieren. So kaschieren, als wäre die Frage nie gestellt worden, als hätte sie überhaupt keinen Bezug zum Jetzt und Hier, wäre überhaupt nicht wichtig, wäre überhaupt nicht da. Was ist das überhaupt für eine blöde Frage? Was wird da gefragt? Nach dem Individuum, nach dem Bezug zu seiner Umwelt? Mein Gott, wie langweilig! Oder soll das etwa eine Provokation sein? Will da einer eine Diskussion vom Zaun brechen? Was hat der vor? Was ist denn das für einer? Vielleicht ist es besser, wenn man sich einen Tisch weiter setzt in der Kneipe; der ist vielleicht krank oder so ein unverbesserlicher Extremist, RAF gar. Das ist ja nun wirklich abgegessen, ist wie überall, hau'n sich auch nur gegenseitig in die Pfanne, schön klug zwar, manchmal, aber doch irgendwie irre.

Was ist los? Was wird aus der simplen Frage? Wieso drückt der sich um eine Antwort? Soll er doch sagen, wo er ist. Ist doch ganz einfach. Klar: Stadt, Land, Erdteil, Planet, alles klar! Geographisch kein Problem! Na, reicht das nicht? Zeit? Winterzeit, Mitteleuropa, alles klar! Organisation des Zusammenlebens? Demokratie, bürgerliche Demokratie. Alles klar! Konfession? Ohne, oder Christ, was soll's. Alles klar. Nationalität? Deutsch. Alles klar.

Und wenn jetzt noch einer fragt: »Wo bin ich eigentlich?«, dann kann er bloß noch was aufs Maul kriegen. Dann weiß er, wo er ist.

Romantischer Versuch

Herrlicher Sonnenschein, viel zu früh und viel zu beständig für die Jahreszeit, flimmert auf verstaubten Dächern und schafft im Gebälk brütende Sommerhitze, während Schwärme von Insekten, deren schnelles Ende schon vorhersehbar ist, licht- und wärmeberauscht über noch vollen Pfützen stehen und für die Vögel, die noch keinen Nachwuchs zu versorgen haben, einfach zu viele sind. Auf dem Grund der Schlucht spielen zwei Mädchen Gummi-Twist und im Hinterhof nebenan sitzen ein paar schlaffe Mieter bei träger Unterhaltung vor ihrem Sonntagsbier an einem Tisch auf einer kleinen Wiese. Draußen, auf der anderen Seite des Hauses, rumpelt die Straßenbahn vorbei und stört für den Moment die nachmittägliche Stille. Dann geht ein Fenster auf und eine Frauenstimme ruft: »Freeenzie, komm hoch, Kaffee trinken.« Aber Freeenzie hat überhaupt keine Lust und beteuert, ganz wirklich keinen Hunger zu haben. Unterdessen muß die vordere Haustür aufgegangen sein, denn die beiden Mädchen gucken neugierig hinüber, und plötzlich hat Frenzie doch Lust, Kaffee zu trinken, rennt hastig auf die Hintertür zu und ist verschwunden, die Freundin mit ihr. Aus dem

Durchgang taucht ein kurzbehoster Mann mit zwei Boxerhunden auf, schaut suchend über den Hof und fragt dann über die Trennmauer hinweg die im Schatten dösende Wiesentischrunde, erhält abschlägig Bescheid und verläßt den Hof wieder. Nun wird es still, worauf sich das grau gestreifte Fell einer klassischen Hauskatze zeigt, die regelrecht stolzierend über das Hofpflaster schreitet, an der Trennmauer ankommt, ohne Anlauf daran hochspringt und auf der anderen Seite verschwindet.

Dann werden die Schatten länger und zur Abendbrotzeit wird nebenan gegrillt. Und etwas später wird aus den Fenstern der bläuliche Schein von Fernsehbildröhren flackern und in dem Film werden kleine Mädchen von riesigen Boxerhunden gefressen, während die Straßenbahn aus den Gleisen springt und durch das Nebenhaus fährt, wobei der kurzbehoste Mann Frenzies Mutter vergewaltigt. Nur die Wiesentischrunde kommt ungeschoren davon, weil sie geschlossen zum Kegelabend in der Gartenkneipe ausgerückt ist.

Aber über allem liegt die still leuchtende Pracht eines sternenübersäten Nachthimmels, unter dem die klassische Hauskatze auf der Mauer sitzt und den Mond anheult.

Begegnung

Nichts, außer vom Balkon die Straße auf und ab schauen und die Kassette von Zeit zu Zeit wechseln. Für die Kneipe fehlt, was sie zur Kneipe macht. Ohne, ist sie ein beliebiger Raum in dem Beliebiges passiert. Für die Zeitung fehlt, was sie zum Mitnehmen macht, für die Post, sie zu benutzen, wie weiter.

Zeit drängt sich dehnend wie Sonne ins Fenster. Durch den Kopf rumpeln vergangene Kilometer, durch den Bauch Tütensuppen und filterlose Zigaretten. Das Verschränken der

Arme beim Gang die Treppe hinunter stützt das mürrische »Tag«.

Die Frau ist älter geworden und schreibt Geschichten in ihr Tagebuch, in dem sie den Mut findet, sich wieder an die Straße zu stellen, zum Trampen. Sie muß aufpassen, daß sie nicht vom Fernseher abschreibt.

Als sie das Antennenkabel mit der Schere durchschnitt, funkte es nicht. Den Schnee auf dem Bildschirm fand sie passend und öffnete das Fenster. Aber der Kasten war zu schwer für sie.

Schritte, schnell, den Bürgersteig entlang. Aus manchen Fenstern dringt Musik. Aus Briefkästen schauen bunte Zettel. Auf der Wiese zwischen den Büschen liegt ein Ball, Nachmittagssonne. Der Tritt läßt ihn ein Stück rollen. Der Blick auf die Uhr bringt die Schritte auf den Weg zurück.

An den Schultern hängt, was nicht übrig läßt, für den Ball, für die Musik aus den Fenstern, für Licht morgens und nachmittags. An den Schultern hängen Papier und Worte, Sätze und der Schatten von Gängen, die für schnelle Schritte, für viele schnelle Schritte gemacht sind, und für klappende Türen.

Das Mädchen ist älter geworden und schreibt schon flüssig und mit dem Kugelschreiber. An ihrem Rücken klebt die Tasche mit zwei Ohren von einer Maus. Sie hatte sich freuen müssen. Ihre weißen Socken sind jeden Nachmittag grau von den vielen Schritten. Jeden Morgen zieht sie frische weiße Socken an. Sie hat Unmengen von weißen Socken in ihrem Schrank. Um ihre dünnen Beine flattert ein himmelblauer Rock.

Der Gang die Treppen hinunter, Gang mit Wäschekorb, ist Luxus. Der Gang macht das »Tag« ein wenig weicher. Arme verschränken ist nicht notwendig.

Die blaue Leine zwischen den Pfählen ist straff und zu lang. Himmelblaue Plastikleine. Ihre Augen sehen den Ball, die Hände stellen den Korb auf das Gras. Füße, Hingehen, Ball treten. Der Ball rollt über die Wiese. Im Kopf schreibt sich Geschichte für Tagebuch.

Die Schritte auf dem Bürgersteig stocken. Kopf dreht sich, Augen sehen den rollenden Ball. Hände nehmen Tasche mit Ohren vom Rücken. Sonne bescheint den Innenhof. Die Füße gehen auf Wiese. Die Hände lehnen Tasche an einen Baum. Der Ball ist grau und schwarz gemustert. Fuß tritt Ball. Er rollt ein Stück über das Gras.

Die Hände am Wäschekorb stocken. Augen schauen auf graue Socken und dann auf himmelblaue Leine. Augen sehen Ball. Fuß tritt Ball. Augen sehen lächelnden Mund. Die Sonne glänzt auf dem Gras.

Die Mine

Gemach, gemach. Es ist nicht so. Jeder tut seine Arbeit. Funke, Säure, Mechanik, was dann so schnell verbrennt tut seine Arbeit, erfüllt seinen Zweck, Erfüllung. Druck drückt Erfüllung, Geräusch geräuschvoll, Flug und Aufschlag. Stoff stofflich, Mund offen, Hände heben, Arbeit, alles Arbeit. Der Schritt auf den Zünder auch. Aber gemach, noch ist es nicht so weit. Das Blech liegt rund, Erde schmiegt sich, oder Sand, ein lauer Wind spielt mit Blättern, der Himmel hoch und blau, sehr hoch, sehr blau, sehr weit. So ein Himmel wie dieser nimmt viel auf, und ganz oben quellen weiße Striche, kreuz und quer.

Der Wald steht still und ist nicht böse. Gräser fächeln und schaukeln Käfer, Marienkäfer sind auch dabei. Das Blech ist warm, kein Wunder, Sommermorgen, der Zünder schaut, Landeplatz für Leichtgewichte. Unten gräbt vielleicht ein schimpfender Maulwurf, dieser Stein, gestern war doch noch..., gestern; dieser Stein ist glatt und warm und schwer. Aber gemach.

Zeit liegt quer überm Wald, über dem Feld dahinter und macht es sich gemütlich. Breit und wallend und etwas wehend. Zeit sonnt sich und schielt nach ihrer Schwester, die da liegt und wartet, und kitzelt ein bißchen am Zünder. Dehnen und zusammenschieben, auf einen Punkt, sie versteht was davon. Es ist Zufall, daß sie sich hier begegnen, in diesem Wald mit dem Feld nebenan. Aber das Zusammenschieben ist ohnehin nicht an den Ort gebunden. Das Zusammenschieben nähert sich mit Schritten, leichten Schritten, schweren Schritten, harten Schritten, weichen Schritten. Im Boden breiten sich kleine Vibrationen aus und kündigen das Zusammenschieben an. Aber gemach. Und dann: Jeder tut seine Arbeit, seine Erfüllung, die Schritte und der Marienkäfer auf dem Zünder unter dem hohen Himmel.

Es muß nicht die Hand eines kleinen Mädchens sein, es muß nicht der Stiefel eines Soldaten sein. Aber es könnte die Hand eines Mädchens sein, die eines Jungen, mit dünnen, mageren kurzen Fingern, Marienkäfer flieg, flieg lieber, was geht dich das Zusammenschieben an.

Der Schritt schreitet, tastet, stampft, huscht, holpert. Erwartet oder nicht. Hoher Himmel, Wald und Sommeranfang.

Anfang. Ein Stück nach dem Knospen. Auf dem Bauch liegen und Erde in den Mund stopfen, Bild: Russischer Soldat hat überlebt, Mütterchen, Nähe, Nähe. Aber gemach. Noch verquellen die Striche am Himmel.

Danach

Die Worte sind alle gesprochen, die Trommeln alle geschlagen, die Saiten alle gezupft, der Wein alle. Die Straßen sind leerer jetzt, leerer als sonst, wo nicht die Reste überall herumliegen und auf der Wiese, mitten in der City, die restlichen Leute. Selbst die blauen Uniformen der privaten Wachmänner machen die Katakomben der Geschäfte einsam.

Es ist zu früh, das Morgengrauen hat noch nicht eingesetzt, und die Nachtvögel schweigen, nicht mal der Nieselregen läßt einen Ton Gleichförmigkeit, den er sonst immer hat, auf die Platten und Bäume. Schritte könnten nur vielfach hallen, aber niemand hat Absätze an seinen Gummischuhen, wie eine stillschweigende Vereinbarung, nirgendwo geschrieben, nicht auf die Fassaden von Häusern und nicht auf das Büttenpapier von Verträgen. Der Klang in den Ohren verliert sich, die Laternen stehen stumm, die Blätter hängen feucht und Erbrochenes neben einer Bank schimmert wie Perlen aus tausend und einer Nacht, dabei war es Erbseneintopf. Die City ist traumlos jetzt, nach der Hast der Geräusche und Flaschen rutschte sie unbemerkt und wie aus Versehen in die geruchbehaftete Stille, geistern die Stunden von Gesang und Fröhlichkeit über Bordsteinkanten und an Schaufenstern entlang, saugte sie in den Stein und das Glas. Ein winziger Ring in ihrem Zeitablauf ist das Fest, wird es bleiben, die Chronik einer alten Rinde ist nicht unempfänglich und überzieht mit einer dünnen Schicht, sanft und unsäglich unmerklich. Und auch wer nicht dabei gewesen ist, wird, wenn er drübergeht, davon wissen, und wer dabei gewesen, weiß nicht mehr. Dieser Sinkflug in die Stille, schlafendes Instrument, ruhende Saite, eilig kritzelnder Kugelschreiber, Lauschen von Haut, selbst das Tropfen von der Jacke dessen, der jetzt geht, wird gewußt.

Und ist es nicht Hohn, kehren die Maschinen drüber, flakkern Rundumleuchten Wände an, wagt sich doch noch ein Kaninchen hervor und eine Katze mit grünen Augen, fast so als ob sie schwebt, darüber, ist es Sprache von Haut, die sanft und laut gerieben wurde und die nur mit Haut und auch nicht entziffert werden kann. So geht also der, der über Plätze strich, mit seinem Ungewußt und mit den Tönen und Gerüchen.

Der Müllmann

Klein, dick, blaue alte Trainingshosen, ein knapp sitzender Pullover mit Holländermuster, Basecap, vorne weiß, hinten rot, als er den Kopf senkte, in einiger Entfernung, dachte ich, der Typ trägt eine Maske.

Die Schritte sind kurz, zackig, watschelnd, sehr geschäftig und zielstrebig, von einem Container zum anderen. In der Linken hält er eine Plastiktüte, in der Rechten eine Gardinenstange.

Er geht so, als hätte er sich seine Philosophie schon lange zurechtgelegt und würde um nichts in der Welt einen anderen Job machen, egal ob die Leute von den Balkons gucken oder nicht und egal auch, wie sie gucken.

Er geht mit einer Selbstverständlichkeit von einer Tonne zur anderen, daß mir der Atem stockt. Zügig reißt er die Deckel auf, ein kurzer geübter Blick, der nächste Deckel, da stochert er mit seinem Stock, es rumpelt. Dann hält er ein Stück Stoff in der Hand, hellblau, einen Pullover mit kurzen Ärmeln, ein, zwei Sekunden und läßt ihn wieder fallen. Nächster Container, Stochern, er trägt keine Handschuhe, nächster Container, die Deckel schließt er wieder ordentlich, dann überquert er die Straße zur nächsten Ecke. Sein Pullover ist sauber, seine Trainingshose, sein Basecap, geradezu auffällig sauber, der Mann in der Abendsonne, in den stillen, jetzt schon ausgestorbenen Straßen. Ich sehe ihm lange verblüfft hinterher.

Aufstehumarmung

Die Kneipe liegt im Halbdunkel. Mäßig besetzte Tische, auf denen Kerzen brennen, spiegeln spärliches Tageslicht und Kerzenschein mit ihrem dunklen, gewienerten Holz. In einer Ecke sitzen zwei, die Köpfe gegeneinander geneigt. Dann steht er auf. Sie schaut von unten in sein Gesicht und steht auch auf. Sie umarmen sich, er geht.

Nach einer Weile bestellt sie noch einen Kaffee, die Kellnerin ist mürrisch, aber schnell. Draußen vor den Fenstern fahren Autos, die Geräusche dringen gedämpft herein, sie denkt, daß eines davon seines sein könnte. Sie denkt, daß sie ans Fenster gehen und auf die vorbeifahrenden Blechkisten schauen könnte und warten, ob sie ihn in einem der Kästen hinter Glas entdecken würde, das Gesicht geradeaus gerichtet, konzentriert im Stadtverkehr, keinen Augenblick Zeit zur Seite zu schauen. Aber sie geht nicht ans Fenster, sie löffelt Zucker in den Kaffee. Dann quietschen draußen Bremsen, sie zuckt zusammen, der Knall bleibt aus. Sie gießt Milch in die Tasse bis der Inhalt hellbraun wird und nimmt ein paar vorsichtige Schlucke. Die mürrische Kellnerin schaut vom Tresen herüber und zündet sich eine Zigarette an. Draußen ist jetzt die schimpfende Stimme eines Mannes zu hören. Die Kellnerin geht neugierig, aber langsam, durch den Schankraum zum Fenster. Sie schaut eine Weile regungslos nach draußen, ihr Rücken wirkt krumm unter der weißen Bluse. Dann dreht sie sich um und sagt schulterzuckend: »Da hat er aber noch mal Glück gehabt.«

Sie schaut unsicher von ihrem Tisch zur Kellnerin am Fenster. »Was war denn?« »Ach, so ein Radfahrer. Wollte wohl einer Oma ausweichen und ist dabei auf die Straße gekommen. Hat noch mal Glück gehabt, ist bloß gegen den Pfahl von der Fußgängerampel geknallt. Die Oma muß gleich weitergegangen sein, ist jedenfalls keine zu sehn.«

»Und das Auto?« »Alles noch heil, war bloß der Schreck. Der Fahrradfahrer hat seinen Lenker wieder geradegebogen, der Autofahrer hat ein bißchen gemeckert, das war alles.«

Die Kellnerin geht wieder hinter ihren Tresen.

Sie sitzt am Tisch und denkt an ihn, den Autofahrer. Dann zündet sie sich doch eine Zigarette an, obwohl sie das eigentlich lassen wollte, und nippt an ihrem Kaffee.

Draußen sind jetzt wieder die regelmäßigen Geräusche vorbeifahrender Autos zu hören. Eins davon könnte seines sein. Aber da hätte sie wohl vor ein paar Minuten ans Fenster gehen müssen, und vielleicht ist er ja auch woanders langgefahren. Als sie aufsteht, wünscht sie sich seine Umarmung, den Druck seines Körpers und den Druck seiner Hände auf ihrem Rücken. Am Tresen zahlt sie und gibt der Kellnerin Trinkgeld. Die dankt.

An der Fußgängerampel vor der Kneipe sind unter dem roten Licht Kratzspuren zu sehen, auf dem Bürgersteig liegen ein paar Scherben. Die Ampel schaltet auf Grün. Eine Oma mit grauen, lockengewickelten Haaren tippelt ihr entgegen, an den wartenden Autos vorbei. Eins davon könnte, denkt sie, während sie ihr Fahrrad aus dem Ständer schiebt, und wünscht sich beim Aufsteigen seine Umarmung.

Alles in Ordnung

Sie sitzt am Tisch, er sitzt am Tisch. Morgen, Küche, Kerze brennt. Sie schaut auf die Kerze, er schaut auf sie. Sie hat das Kind in die Schule gebracht, er war beim Bäcker. Sie schneidet die Brötchen auf. Der Morgen vor dem Fenster ist dunkel. Man kann noch nicht erkennen, ob Wolken sind. Sterne sind jedenfalls keine. Werden wohl Wolken sein.

Er schaltet das Radio ein, lächelt, es ist so still hier. Sie nickt. Die Töne aus dem Lautsprecher verfangen sich zwischen Honig, Marmelade und Brötchen. Seit ein paar Tagen trinkt er bloß noch Tee, der Magen. Sie trinkt schon immer bloß Tee. Das Kind sitzt mit den anderen Kindern vorm Lehrer.

Dann sind die Brötchen aufgegessen, und sie stehen auf. Er schaltet das Radio aus, sie geht nochmals ins Bad. Immer geht sie morgens noch mal ins Bad. Irgendwann hatte sie es eingeführt, den frischen Kuß, der ihn in den Morgen begleiten soll, der ihm über den Tag helfen soll. Er hatte sich gefreut über den ersten frischen Kuß, Zahnpastakuß. Jetzt steht er im Hausflur und wartet, ein Zeremoniell, das abzuarbeiten ist. Das Kind sitzt mit den anderen Kindern und sehnt vielleicht das Klingeln zur ersten Pause herbei.

Sie geht an die Tür und gibt ihm den Kuß und schaut hinterher, wie er in seinem langen Mantel die Treppen hinabsteigt. In drei Minuten wird er im Auto sitzen. Sie geht in die Küche zurück und räumt den Tisch leer. Der Morgen fängt an, etwas Licht herzugeben. Das Kind in der Schule wird es vielleicht sehen, sie sieht es, er fährt Auto im Stau.

Dann klingelt es. Sie geht an die Tür. Auf dem Flur steht er, im Anorak. Sie gibt ihm den frischen Morgenkuß. »Alles in Ordnung?«, fragt er von draußen. »Alles in Ordnung«, antwortet sie von drinnen.

Licht

In den Abend hinein beult sich die Gardine sanft, während unten, am Balkon vorbei, ab und zu ein Auto fährt. Seit ein paar Tagen sieht es so aus, als ob es doch noch Frühling werden würde dieses Jahr, und heute Nachmittag war es schon richtig warm. Sie hat Petersilie gesät: die Erde im Kasten mit der alten Aluminiumgabel umgraben, Wasser aus der blauen Kindergießkanne darüber und dann die Tüte mit den Körnern locker und sacht zwischen zwei Fingern hin und her schütteln. „Keimzeit fünfzehn Tage" stand darauf, sie wird warten müssen.

Den Klapptisch vor ihr hatte er noch gebaut, zwei Bretter, vier Scharniere, eine Platte aus dem Keller und ein paar Schrauben. Sie legte die Decke darüber, rote Karos, und hatte gewußt, daß er darüber grinsen würde. Aber das erste Abendbrot war schön, alle drei, an der langen Seite die Patschhände und der Wuschelkopf. Die Sonne stand wie heute. Langsam läßt sie ihre Blicke über den gegenüberliegenden Block gleiten, Balkone und Fenster und neue rote Ziegeldächer. Wenn die Bäume doch endlich die Blätter aus den Knospen drücken würden, ihre krakeligen Arme erinnern sie und Erinnern ist das, was sie am wenigsten gebrauchen kann. Aber alles ist Erinnerung, selbst der leichte Teegeruch, Früchtetee, vor ihr aus der Kanne, oder das Flackern des Lichtes darunter. Das kann sie in der Abendsonne nicht sehen, aber sie weiß, daß es flackert. Es hat immer geflackert, auf dem Balkon.

Langsam schiebt sie das Buch wieder vor die Augen, Blendschutz gegen die Sonne, gegen das Haus da auf der anderen Straßenseite, die Straße unten, die Knospen der Bäume, die Brüstung. Wenn der Schatten von gegenüber bis zu ihr hochgewandert sein wird, wird es kalt werden. Dann braucht sie das Buch nicht mehr.

Sie wird es versuchen, warum sollte sie nicht, auch wenn sie weiß, daß ihr die Angst den Magen umdrehen wird, daß sie die Augen schließen, nach oben schauen muß. Dabei ist der Weg kurz und alltäglich, nichts Besonderes, jeden Tag sichtbar, für jeden jeden Tag sichtbar. Sie schüttelt den Kopf, so einfach ist das.

Als sie den Schrei hörte, der sie an den Bären erinnerte, im Zoo hinter den Gittern, und dann war es plötzlich so still, da raste auf sie eine ungeheure, weiche, unsichtbare Masse zu. Nein, sie brauchte nicht hinunterzuschauen, sie wußte es auch so. Nur daß der Baum mit seinem krakeligen Ast so zwischen den Wuschelkopf und die Patschhände spießte, das hatte sie nicht gewußt. Dabei sind auch da schon die Knospen dick und harzig gewesen, bereit, Blätter in die Sonne zu drücken, bereit für den Frühling. Als sie sich dann doch über die Brüstung beugte, sah sie es und die roten Sprenkel zwischen den beiden und wie sie sie verbanden.

Aber auf die Petersilie wird sie noch warten müssen, fünfzehn Tage, stand auf der Tüte, wie jedes Jahr, seit sie hier wohnen. Die Bäume werden grün sein, fährt es ihr durch den Kopf.

Birke

Nun, der Herr Winter hat alles vollgeschneit. In den Radios überschlagen sich die kleinen Katastrophenmeldungen, auf den Straßen rutschen Autos, auf den Gehwegen rutschen Omas mit angeleinten Hunden, die Strickmäntelchen tragen. Was die Söhne nicht mehr wollen, müssen die Hunde ertragen: ›Zieht euch warm an, die Kälte greift den Darm an.‹

Nun, der Herr Winter hat alles vollgeschneit, die Pfützen sind gefroren, die Bäume sind so kahl wie die Leute depressiv sind. Da fallen grüne Blätter auf, nicht Bonsai, nicht hinter Küchenfensterglas.

Mitten auf der weißen Wiese steht eine Birke mit saftig grünen Blättern, auf einer Seite zumindest. Auf der einen Seite steht eine Straßenlaterne. Um die Laterne herum sind die Blätter grün. Und erfroren. Das haben sie davon. Die Blätter haben sich betrügen lassen, haben die Laterne für eine kleine Sonne gehalten. Dafür sind die erfroren. Haben der Zivilisation geglaubt.

Ich seh die Blätter und denke, daß dies ein Umstand ist, wie es ein Umstand ist, wenn auf der Autobahn ein plattgefahrener Igel wie ein Stück Stoff aussieht. Das Stück Stoff wird immer breiter gefahren, in die Poren des Betons gedrückt, bis es nicht mehr da ist.

Und dann kann ich versuchen, einen Freund anzurufen, einen, zwei, drei Freunde, um über die Birke zu reden, und über den Igel. Aber nach dem vierten Telefonat mit einer Ansagemaschine gebe ich auf und fühle mich wie ein erfrorenes Blatt, obwohl ich in einer gut geheizten Wohnung sitze.

Was ist? willst Du mir sagen. Bist wohl depressiv? Ist dir wohl zu wenig Licht?

Nun, antworte ich, der Winter hat alles vollgeschneit. Und von kleinen Katastrophen wirst du im Radio nichts hören, keinen Ton.

Nimm mich mit

Nanu, es gibt noch Tramper? Ich bremse hart und kurbel die Scheibe herunter: »Wo soll's denn hingehn?«

Er beugt sein gefrorenes Gesicht zu mir herab und zieht den Schal vom Mund, Schneeflocken wirbeln herein. »Ist mir egal.«

»Na du bist gut, ich fahr nach Berlin.« »Auch gut.«

»Dann steig ein.«

Er öffnet die Tür, ein eisiger Windstoß fährt herein, dann sitzt er neben mir und zieht langsam die Handschuhe von seinen Fingern.

»Sag mal, warum hast du dich nicht in der Tankstelle aufgewärmt?« frag ich, als er seinen Zettel mit der Aufforderung zusammenfaltet. »Die wollten mich nicht, hatten wohl Angst, daß ich was klaue.«

»Wie lange stehst du schon?«

»Zwei Stunden werden es wohl sein.«

Ich leg den Gang ein und fahre kopfschüttelnd los. »Zwei Stunden, du mußt ja fast erfroren sein.«

Er grinst. »Ist verdammt früh mit dem Winter, dieses Jahr; schnell werden wir nicht vorwärts kommen, bei dem Wetter, ich schätze mal, mindestens noch zwei Stunden.«

»Du kennst die Strecke?« »Klar!« »Und wo soll ich dich in Berlin raussetzten?«

»Ist egal, am besten in Citynähe.« »Und dann?«

»Weiß noch nicht.« »Hm.« »Mach dir keinen Kopf, es wird sich schon was ergeben.«

»Trampst du öfters so auf gut Glück durch die Gegend?«

»Ist das erste Mal. Irgendwann ist immer das erste Mal.«

»Und ansonsten bist du ein unbescholtener Bürger.«

»Ansonsten bin ich das wohl.«

»Und was treibt dich an die Straße?«

Er schweigt einen Augenblick, dann guckt er zu mir rüber. »Rauchen wir eine?« Er hält mir seine Schachtel entgegen. Ich greife zu und drücke auf den Zigarettenanzünder bis es Klick macht. Dann sitzen wir und schweigen, und nur das monotone Gebrumm des Motors bei niedriger Drehzahl im höchsten Gang und das Wischen der Scheibenwischer füllen die Enge zwischen uns beiden. Mir brennt meine Frage auf der Zunge und verstohlen mustere ich ihn aus den Augenwinkeln, nein, schlecht gekleidet ist er nicht. Die Haare trägt er kurz, der Bart ist gepflegt, in den Augenwinkeln ist das feine Geäst, das ein bestimmtes Alter verrät, deutlich ausgeprägt, nein, das ist kein Penner.

»Verrätst du mir deinen Beruf?« Er lacht auf: »Beruf, ja sowas hab ich auch.« »Und?« »Ist das so wichtig?«

Langsam macht er mich wütend. Was hat der nur? Gleichgültig sage ich in Richtung Frontscheibe: »Ist nicht so wichtig, bin nur neugierig, was ein nicht mehr so ganz junger Mann bei dem Wetter alleine und ohne jedes Gepäck an einer Tankstelle mitten in der Prärie macht. Das ist alles.«

Dann ist wieder nur das Gebrumm des Motors und das Wischen der Wischer zu hören und ich zünde mir eine neue Zigarette an.

»Du bist sauer«, stellt er fest. »Ach was.« »Doch, du bist sauer, und ich kann dir auch sagen warum.« »So, warum denn?« »Weil du einen armen Tramper mitgenommen hast und nun denkst, du hast das Recht, ihn auszufragen. Er sitzt ja in deinem Auto. Übrigens finde ich den Ausdruck Prärie ganz passend, hab ich so noch nicht gehört.«

»Du bist ja schlau, hintendran noch ein kleines Lob, damit ich nicht ganz vergnatze.« Er lächelt vor sich hin. »Ja, so ungefähr ist das wohl.«

Inzwischen hat das Schneetreiben etwas nachgelassen und ich kann schneller fahren. Die Scheibenwischer stehen jetzt auf Intervallschaltung. Ich halt ihm meine Zigarettenschachtel hin: »Friedenspfeife!«

Er guckt mich einen Augenblick lang an, dann vertiefen sich die Fältchen um seine Augen und sein Gesicht klappt auf zu einem breiten Lachen. »Hugh«, sagt er, und ich drücke wieder auf den Zigarettenanzünder.

In Berlin setze ich ihn am Alex ab, im Rückspiegel sehe ich ihn winken. Er macht das wie ein kleines Kind, so mit überschäumender Freude und ich drücke zweimal kurz die Hupe. Dann reihe ich mich wieder in die Blechlawine ein und verliere ihn aus den Augen.

Kurzer Abgesang auf das junge Fräulein S.

Wir haben uns nun verabschiedet.

Besser so, besser so. Was willst du mit dem Mädchen?

Das Mädchen ist schön. Das Mädchen hat einen hohen Gang, es ist fast, als ob sie über die Bürgersteige schwebt.

Und? Was hast du davon? Du gehst mit ihr über die Bürgersteige, neben ihr, mit ihr, alles schön, eine schöne Freundschaft. Du biegst dir einen Knoten in deinen Schwanz. Als ob es ihn nicht gäbe, so tust du, und hörst zu, wie es in deinem Kopf hämisch *Weeerther* lispelt.

Ich mach sie mir rein, rein und unberührt. Das klopft im Schwanz wie es sonst nicht klopft.

Es ist eine Quälerei, genug, es reicht! Du benimmst dich wie ein schwanzloses Wesen. Mag ja sein, daß das modern ist, cool. Aber du bist nicht modern. Du möchtest den Schwanz in ihr klopfen lassen. Du weißt, wie es ist, wenn dein Schwanz in einer schönen Frau klopft. Du weißt, wie es ist, wenn sie schwitzt und hastig atmet. Du weißt, wie es ist, wenn sie kommt.

Sei still! Es geht nicht nur um den Schwanz. Es geht um ihre Haare, ihre Haut, um Worte, Gesten, um ein Lächeln. Es geht nicht nur um ihren Spalt zwischen den Beinen, es geht um ihre Beine, mit denen sie so schwebend geht, es geht um ihre Arme, ihren Kopf, ihren Bauch, ihre Brüste.

Und? Wie geht es weiter? Wie lange willst du neben ihr hergehen und so tun, als wärst du kein Mann? Freundschaft hat sie gesagt. Fein, Freundschaft zwischen Mann und Frau. Du brauchst nicht warten, sie hat Freundschaft gesagt und gemeint. Sie ist modern, und wer weiß, vielleicht hat sie eine kleine Lust dabei.

Sie ist wie ein Kindertraum, Entdecken, das erste Mal. Kannst du dich erinnern, wie lange es bis zum ersten Mal gedauert hat? Es war länger, viel länger.

Sicher. Sicher hat es länger gedauert. Aber was wußten wir da schon. Jetzt wissen wir. Das erste Mal bleibt das erste Mal. Keine Wiederholung hält dem stand, selbst wenn sie Jungfrau wäre.

Und wenn sie nun Jungfrau ist?

Quatsch. Aber selbst, wenn es so wäre! Was ändert das? Wir sind nicht mehr Jungfrau. Und außerdem braucht es keine Jungfrau. Es ist gut, daß wir uns verabschiedet haben.

Du hast mich übertölpelt.

Ich hab dich sie umarmen lassen. Ich hab dich ihr sogar einen hauchzarten Kuß geben lassen. Aber der Schwanz hat dabei nicht geklopft. Ich finde, daß dies ziemlich viel Verleugnung ist. Und das reicht!

Vielleicht ist sie ein wenig traurig?

Es wäre die Trauer um vielleicht eine Freundschaft. Aber das ist zuwenig. Viel zuwenig! Laß uns trauern und dann vergessen.

Das Kasperletheater

Das Kasperletheater probt für die letzte Runde. Der Harlekin hat noch mal sein buntes Kostüm angezogen, und der Froschkönig hat den Vorhang wieder fest gemacht. Man hofft, daß doch noch ein paar Zuschauer kommen, auch wenn es kalt ist im Saal. Die Sonne leuchtet mit schrägen Strahlen auf die Bühne, so daß die Staubkörnchen wie Schnee durch die Luft schweben. Man kann heute Strom sparen. Die Kassiererin guckt durch die Tür um die Ecke, sie hat einen blauen Rock an, ihre Krampfadern sind gut zu sehen. Der Wolf schäkert hinter der Bühne mit Schneewittchen. Seit Aitmatow weiß jeder, daß er sie nicht frißt. Darum ist die Großmutter auch nicht böse über den zukünftigen Schwiegersohn. Sie weiß nicht, daß er AIDS hat. Aber da treffen sich ihre Jahre mit denen Schneewittchens und der anderen.

Dann wackelt plötzlich aufgeregt das Hinterteil der Kassiererin. Sie dreht sich um und strahlt. Alle starren gebannt zur Tür. Ein Gast kommt. Schritte hallen durch die leeren Gänge, kommen näher, die Kassiererin strafft sich hinter ihrem Schalter, die Schritte kommen näher, die Schauspieler verschwinden hinterm Vorhang, die Schritte kommen näher, die Platzanweiserin kaut nervös an ihren Fingernägeln, die Tür geht auf, einen Spalt, der wird größer, ein dürre Hand schiebt sich hindurch, ein Arm, eine Schulter, ein Kopf. Zwei Augen in einem spitznasigen Bartgesicht schauen suchend in die Runde, bleiben einen Augenblick bei der Platzanweiserin, schauen nachdenklich zur Kassiererloge und zum Vorhang. Dann schiebt sich die zweite Hand durch die Tür, öffnet sich und läßt einen Zettel zu Boden fallen, verschwindet wieder und nimmt den Kopf, die Schulter, den Arm und die Hand wieder mit sich hinter die krachend zufallende Tür. Durch die leeren Gänge hallen Schritte.

Die Platzanweiserin löst sich aus ihrer Starre, die Kassiererin kommt zögernd aus ihrer Loge, die Schauspieler schlüpfen durch den Vorhang. Der Zettel am Boden ist zusammengefaltet und liegt in schmutzigem Weiß einfach so da. Die Schauspieler sehen sich an, die Kassiererin zupft nervös an ihrem Rock, die Platzanweiserin steht ergeben etwas abseits, die Großmutter bückt sich langsam und hebt den Zettel nicht auf, und der Wolf dreht sich weg, und Schneewittchen ißt einen Apfel, und der Zettel liegt, und der Froschkönig zieht den Zwerg mit sich zur Bühne, und die Kassiererin geht zu ihrer Box, und der Zettel liegt, und alle proben für die letzte Runde und hoffen, daß doch noch ein paar Zuschauer kommen, auch wenn es kalt ist im Saal.

Schicht

»So isses. So und nicht anders.«
Die Halle streckt sich an die hundert Meter. Schläge auf Metall, Maschinen brummen, von Knistern begleitetes, bläulich flackerndes Schweißlicht, Kreischen von Schleifmaschinen, Knirschen von Bohrmaschinen, Bremsgeräusche der Kranbahn, Scharren, Schaben, Hämmern, gebrochen an den Wänden, wiederkehrend, überlagernd, vermischend.
»So isses. So und nicht anders.« Die Sätze, gebrüllt, gehen unter im Lärm. Dann knallt die Hallentür und die beiden stehen draußen. Die Nachmittagssonne flutet über die Felder, die Halle steht auf einer Anhöhe, die Luft ist klar, der Blick ist weit. Schicht.
Die Füße summen, als sei der Hallenboden nicht aus Beton, die Hände sind fahrig nach den immer gleichen Griffen, in den Ohren pfeift es trotz der Schaumstoffstöpsel, um die

Köpfe hat sich ein Ring gebildet, den sie nicht spüren, solange die Helme oben bleiben. Sie nehmen beim Gehen die Helme ab. Der Ring krallt sich in die Kopfhaut, stößt durch bis unter den Schädelknochen, zieht sich zusammen, ein Punkt, wabernd, flackernd, unstet, das dauert eine Minute, die beiden gehen und wissen, daß es eine Minute dauert. Der Weg zur Kantine führt leicht hinab, hinter ihnen prangt es oben auf dem Dach *Stahlbau GmbH*.

Auf dem H sitzt ein Maler und lacht über seine blaue Farbe hinweg den beiden hinterher. H, H, unter seinen Füßen vibriert das Hallendach, das H ist der letzte Buchstabe, der letzte zu bläuende Buchstabe, dann ist Schicht. Die beiden unten verschwinden hinter der Kantinentür, der Maler kreist einen Blick in die Runde, gelb und grün und hellblau. In der Kantine knallen gelbe Helme auf den Tisch. Die Bedienung stellt grüne Flaschen daneben. In der Kantine ist nichts blau, nur die Anzüge der beiden Männer, Blaumänner, blaue Männer, die aus grünen Flaschen trinken. Die Bedienung grinst, die Helme leuchten von der braunen, abwaschbaren Tischplatte gelb. Zwei Himmel, zwei Sonnen, ein Feld, das Feld begrünt sich, die Pflanzen wachsen, stehen dichter, verdekken das Braun, die Sonnen fallen ein Stück tiefer und rollen klappernd durch die Unterwelt. Die Bedienung bringt belegte Brötchen. Die Ringe um die Köpfe haben sie vor der Tür gelassen, die Minute der Ringe. Der Saft der Felder steigt an die leere Stelle, an den Punkt, wabernd, flackernd, unstet. Die belegten Brötchen sind kreisrund. Der Mund der Bedienung ist oval und versteckt sich hinter der Luke.

»So isses, Willi.« »So und nicht anders, Helmut.« Der Maler steigt vom Dach, das H ist blau. Der Himmel ist blauer.

Nach Hause

Alberne Gedanken an den Herrn mit F spazieren mir durch den Kopf oder an den Herrn von der Insel. Die Autos bahnen über den Beton, die Kennzeichen ändern sich mit den Wäldern, wie die Luft mit den Kilometern, und immer fahr ich den Umweg, da, wo es wohl nie glatte Straßen geben wird, bis die Häuser hinter den Furchen, verschämt und krumm, winken.

Bin ich allein im Auto, leiste ich mir den Schmalz eines klopfenden Herzens, den Halt neben dem Feldweg, immer die gleiche Stelle, und das Sitzen auf dem Stein unter den sieben Pappeln und das Rauchen in glasklare Luft. Kneif die Augen zusammen und schaue über das platte Land, zutraulich macht es den Buckel krumm, schnurrt und reckt sich mir entgegen.

Auf den Knien streich ich mit meiner Hand über das Gras und spür den Sog, und ist es Sommer, lieg ich flach auf dem Boden und schlaf ein Stündchen, bis der erste Käfer unterm Hemd mich weckt, oder ein Traktor, oder so ein Dorfbengel mit seinen Sommersprossen auf dem Fahrrad.

Meistens grinse ich dann still vor mich hin und steig ins Auto für die letzten Kilometer, Zeit für den heimischen Dialekt, alles ist eine Übungsfrage, wat? ›Wad dat wat?‹ ›Dat wad wat.‹ Oder: ›Ick slag die paar up Mul dat dien Ten rutfledden dein.‹

Und bei den ersten Häusern sehe ich dann immer den Daberkow auf seinem Fahrrad mit der Pfeife zwischen den Zähnen stockbesoffen in den Straßengraben rauschen. Der Daberkow ist schon mindestens zehn Jahre unter der Erde; der Straßengraben war nicht dran schuld.

Ja und dann stell ich das Auto vors Haus und drück den alten gelben Knopf neben der Tür und bin da.

Der letzte Abend

Der Raum ist hell erleuchtet, Licht von geschickt verteilten Strahlern und Kerzen auf der Tafel, Parkett und Stühle aus dunklem Holz, an den Wänden Bilder, klassisch in Öl und abstrakt, geschickt gemischt, in einer Nische auf einer kleinen Bühne eine Jazzkapelle, abgedämpftes Schlagzeug, Baß und Banjo und ein Kneipenklavier, hastende Kellner mit bunten Getränken in den Gläsern auf den silberglänzenden Tabletts sind freundlich und lächeln zuvorkommend. Die Gesellschaft steht nach dem Essen zwanglos in kleinen Gruppen pfeiferauchender Pulloverbärte und junger, ausgezeichnet angezogener Mädchendamen, sehr gut durchmischt, vor Tischen und an Wänden.

Die Stimmung treibt langsam auf ihren ersten Höhepunkt zu, der Klasse zu werden verspricht. Das Geburtstagskind, so munkelte man im Vorfeld, hätte sich da einer Sache erinnert, über die man üblicherweise nicht viel spricht, eine Frage des Geschmacks. Um so gespannter darf man sein, was es denn nun mit den vagen Bemerkungen auf sich hat. Sollte sich die Überraschung als etwas ganz anderes herausstellen, so war man sich einig, wäre das nicht schlimm, im Gegenteil, es bewahrte den einen oder anderen vielleicht vor einer eventuellen Peinlichkeit.

Langsam füllt sich die Luft mit Prickeln, das Licht im Saal wird gelöscht, die Kerzen strahlen um so heller und ihr weiches Licht hat die angenehme Nebenwirkung, hier und da ein Fältchen gnädig zu verbergen, welches die sich verbrauchende Schminke im Laufe des Abends unweigerlich dann doch zutage treten läßt. Eine gute Gelegenheit für manche Dame und einige der Herren, zu deren gar nicht mehr katzenhaften Bewegungen die brechtschen Randbrillen nicht mehr so recht passen wollen.

Das Geburtstagskind ist inzwischen in der Garderobe fast fertig mit den Vorbereitungen, eigentlich ist sie schon lange fertig damit. Vorm Spiegel überprüft sie noch einmal den Sitz des samtschwarzen Kleides, ordnet kurz das fast bis zur Hüfte reichende, offene, dunkelbraune Haar mit seinem natürlichen Stich ins Rötliche, zieht die Brauen über den schwarzen Augen probehalber zusammen, fährt mit den Händen spielerisch an ihrer schlanken Figur hinab, ja, das müßte reichen. Barfuß und in dem einfachen schwarzen Kleid wird sie erscheinen, ohne jeden Schmuck, ja sogar ohne Schminke. Sie kann es sich leisten, die Bräune ihrer Haut ist natürlich.

Der Mund wird ihnen offen stehen bleiben und sie, sie wird wählen. Eine Nacht am Strand, oder im Hotel, im Auto vielleicht, oder einfach in irgendeiner Wohnung. Sie wird wählen, genüßlich und langsam, die verkniffenen Lippen der Blonden und Behängten auskosten, die krampfenden Kehlköpfe, die aufgerissenen Augen, sie wird genießen und ganz offen wählen. Es wird ein kleiner Skandal werden, man wird sich erinnern, sich das Maul zerfetzen. Ihr kann es egal sein. Dieses eine Mal den Spiegel hinhalten und dann verschwinden aus dieser Stadt, weg aus dem Muff, über den Teich, ein paar lächerliche Stunden noch. Es ist zwar kein Schiff mit zwölf Segeln, nur ein Flugzeug, was soll's. Schiffe mit zwölf Segeln haben sich ausgesegelt.

An ihrer Garderobentür verhält indes ein harter Schritt, verdutzt hält sie inne. Dann klopft es und die Klinke bewegt sich langsam nach unten. Ihr ist, als müßte es quietschen. Aber in diesem Hotel quietscht nichts. Dann fühlt sie Unruhe, eine Welle fährt ihr von den Beinen herauf über Bauch und Brust, sie hat feste, kleine Brüste, und bleibt im Hals stecken. Ihr Herz hastet, die Tür geht ganz langsam auf und quietscht nun doch, und sie weiß, daß dieser letzte Abend wie alle anderen ausgehen wird.

O-Ton

»Bei Honni konnt ich mich nicht auf die Heizung setzen. Die ist immer verbogen. Bei Helmut, ich hab noch nie auf die Fünf geschaltet. Das wär zu teuer. Die Heizung ist länger. Bei meinem Fliegengewicht, jetzt könnte ich mich drauf setzen.

Sie sind jung, Sie frieren nicht. Sie sind nicht von hier. Ach Osten, wir sind jetzt Bundesrepublik, Osten können Sie vergessen. Sie sind nicht von hier, von Sachsen.

Viel hab ich früher gemacht, viel. Ich geb ja gern Auskunft, aber wenn einer so neugierig ist, wie Sie. Ich hab noch nie auf die Fünf geschaltet, bei meiner Rente, zu teuer. Honni ist nicht mehr.

In dem Haus da drüben, da haben wir immer eingekauft, wenn Geburtstag war, zu Hause. Da hängen noch Gardinen. Überall hängen da noch Gardinen. Das war mal ein Bauarbeiterhotel. Ein Fenster, ein Fenster. Überall hängen Gardinen. Da wohnt noch wer.

Du kriegst einen kalten Bauch. Du kriegst einen kalten Bauch. Hört nicht. Und der Vater steht daneben! Der friert auch nicht. Der ist noch jung. Dem reicht die Drei. Ich werd' mich auf die Heizung setzen. Bei Helmut kann ich mich auf die Heizung setzen. Die verbiegt nicht und ist länger.«

Zirkel

Ach die lieben Freunde pieken gar zu gern ein wenig, fein sortiert und abgewogen und gut ausgedrückt. Ein paar verstellte Namen, doppelt belegt freilich und mit etwas Vergangenheit gefüttert, eine kleine Geschichte mit Vorgabe zur Selbstzerfleischung, Offenlegung, nur daß bei jedem Wort Entäußerung die Maske etwas dicker und zur Fratze wird.

Mühsam wird die Häme beim Fetterwerden hinter zugegebenermaßen klugen Sätzen versteckt. Und aus Augenwinkeln geschielt, ›es muß doch eine Reaktion...‹, und manchmal auch übern Tisch ein gerader, langer Blick, du weißt, wie ich weiß, ach wir wissen, während der Nachbar gern noch mal zu hören wünscht, um endlich eine Spur von Winden zu sehn, in einem der Gesichter.

Ach die lieben Freunde, die sich treffen wöchentlich am Futternapf und reden von Unendlichkeiten und Endlichkeiten in vagem Zerwürfnis unentschlossen, ob gehn, ob bleiben, gegeneinander opponierend in Bedingtheit miteinander, voneinander wollend, und das Lüften von Geheimem verstellen mit gigantischen Innereien, aus denen ein Bild, ein großes Bild, zu beziehen ist, aus halben Sätzen und Gespiel von Intellekt und Wahrheitssucherei.

Zahnen ineinander die gestellten Regeln, bringt sie mit, zu brennen wie mit einer Lupe einen Punkt, jeder, der sich auf den Weg macht in der abendlichen Stunde. Es spiegelt sich das Mitgebrachte nicht einmal besonders dicht, es wabern eher die Nebel, und jeder sucht mit ein paar Zeilen hinters Licht zu führen scheinbar offene Ohren.

Was gelingt, kann unterhaltend sein. Was nicht gelingt, muß unterhaltend sein, damit sich Wenigkeiten nicht so verräterisch von behängten Wänden schälen, fallen wie aufgeweichte Tapeten und Münder verstopfen.

Wer sagt, Würgen wäre eine Krankheit kleiner Mädchen?

Dabei ist die Besatzung so feig wie bunt beim Weigern, die Winzigkeit des Zimmers während des Spiels zu sehn, was zur Folge hätte, die Größe derer zu bemerken, die zwischen den Wänden räkeln.

Und Räkeln in aufgestauten Säften scheint unabdingbar zum Führen des Disputs, wie unabdingbar ist die Schwerkraft zum Fallen eines Steins in eine Richtung, so poltern

Worte zwischen Füße und keiner hält es wert, eins davon ganz wirklich zur Waage in die Hand zu nehmen.

So schwirren kleine, blitzende, unterhaltende, gut trainierte Nadeln und draußen vor dem Fenster hängen Wolken oder Sterne, wie eine Dekoration an jedem Teil der Wände, was in diesem Fall wohl eine Ehrlichkeit ist.

Das UFO landet

Das UFO landet, die kleinen grünen Männlein steigen aus. Frauen, hoch mal breit mal Leder, streicheln Katzenbabys mit Schwänzen und schauen mit schmalen Augen hinüber. Der Präsident geht stockbeinig auf die Gäste zu, vor der Brust einen Rosenstrauß, lauter rote Rosen. Die grünen Männlein grinsen.

Dann bricht das drohende Unwetter aus, Wind fegt Laub über den Platz und schwere Regentropfen klatschen auf den Beton. Die Katzen mauzen und die Rosen lassen ihre Köpfe hängen. Der Präsident sieht aus, als ob er weint, vielleicht weint er ja auch, und die Männlein nicken bedächtig, traurig und weise mit den Köpfen, drücken dem Präsidenten die Hand, zucken dann entschuldigend mit den Schultern, schieben ihre Cowboyhüte tief in die Stirn und gehen an den Menschenmassen, der Tribüne, den Reportern und den Kätzchen mit den Schwänzen vorbei in Richtung DIXI-Klos. Mit einem seligen Lächeln kommen sie zurück, steigen in ihr UFO und düsen ab.

Zurück bleibt ein Zettel: ›Nichts für ungut, wenn eure Frauen eure Schwänze streicheln, kommen wir wieder.‹

Dann landet ein zweites UFO. Kleine grüne Frauen steigen aus, schieben sich an den verblüfften Menschen unter Regenschirmen vorbei in Richtung DIXI-Klos, kommen mit einem seligen Lächeln zurück, steigen ein und düsen ab.

Zurück bleibt ein Zettel: ›Nichts für ungut, aber unsere Männer haben uns die Katzen weggenommen.‹

Die roten Rosen hängen schlaff in der Hand des Präsidenten im Regen vor der leeren Tribüne und den Menschen unter Regenschirmen, und eine der Frauen, hoch mal breit mal Leder, streicht ihm übers Haar und nimmt ihm die Rosen aus der Hand, und er sieht dankbar zu ihr hoch, und ein Reporter macht ein Foto, und das Katzenbaby läuft hinter ihnen her und läßt traurig den regennassen Schwanz hängen.

Warten

Er wärmt seine Hände an der Kochplatte, wie an einem Lagerfeuer. Der Kessel knistert noch leise vor sich hin, aus der Pünktchenkanne zieht sich der Geruch nach schwarzem Tee durch die Küche, draußen vor dem Fenster ist es Nacht und er schaut schon wieder auf seine Armbanduhr, obwohl genau in Blickhöhe ein blau berändertes Gerät gleicher Gattung vor sich hin tickt. Dieses ewige Zuspätkommen, er hat sich noch nicht daran gewöhnt. Verbissen denkt er an glatte Straßen, Frost, Eis und Unfall und kommt sich vor wie Mutter in ihrer Küche, als sie größer wurden. Dann zieht es seinen Blick wieder in Richtung Handgelenk, der Zeiger schnippt höhnisch übers akademische Viertel und auch die Küchenuhr läßt sich nicht lumpen. Wenn wenigstens das Telefon klingeln würde. Ein paar Augenblicke später sitzt er vor dem Regal mit den Platten und sucht, fährt mit unschlüssigen Fingern über die schmalen Rücken. Schließlich gibt er es auf und guckt wieder zur Uhr, diesmal an die Wand, doch das verschnörkelte Erbstück steht. Am Handgelenk hüpft der Zeiger grad auf halb, wenn doch endlich die Tür knarren würde. Aber auf dem Hausflur ist Stille und nicht mal Nachbars Hund knurrt. Entschlossen springt er auf und gießt sich, wieder in der Küche, Tee in eine der beiden Schalen auf dem Tisch und pustet die Kerze aus, deren leichtes Flackern ihn jetzt ärgert. Nein, wie Mutter will er sich nicht fühlen und auch nicht wie Vater, das schon gar nicht, dessen Poltern, die festen, fleischigen Fäuste, die niemals zuschlugen und auch nicht die Hand, die flache. Aber diese laute Wut, nein so nicht, auch nicht Mutters stille Angst, die sich eher in einer Ohrfeige entlud. Er gießt sich nach und rührt den Kandiszucker am Holzstäbchen linksrum und rechtsrum. Winzige Wellen brechen sich rund an den Tassenrändern, draußen summt ein Auto vorbei, ein Diesel, fährt es ihm durch den Kopf, sparsam, robust, ach Scheiße, der Wagen ist längst weg. Wieder fällt ihm der Vater ein, einmal wollte auch er als erster in der Zulassung eines Autos stehen, einmal, und dann schickten sie ihn in den Vorruhestand. Solche Schulden hatte er noch nie vorher gehabt, solche. Eigentlich hatten sie nie Schulden gehabt, auch wenn sie mit Mutter für zwanzig Pfennige einkaufen gegangen sind, an dem Sonnabend, wo selbst die Tütensuppen und der Reis alle waren. Vier Brötchen für eine Mutter und zwei Kinder, drei Wochen später bekam er sein Fahrrad und Vater zog mit ihnen wie ein König durch die Stadt, seine Jahresendprämie verschleudern. Seine festen Fäuste tauschten die Scheine mit Leichtigkeit, und Mutter und Schwester und er hingen abwechselnd an seinem Hals.

Dann knarrt im Flur die Tür und er geht langsam aus der Küche.

Die Enkelin

Er hatte die letzten fünf Jahre gelesen.

Langsam läßt sie die Handvoll Sand durch die Finger gleiten, der Boden ist nicht gut hier, nichts für einen Landwirt.

Er hatte sein Hörgerät abgeschaltet und saß in der Küche.

Sie nimmt eine zweite Handvoll, und wieder rieseln ihr die Körnchen durch die Finger. Auf dem dunkelbraunen Deckel gibt es das knisternde Geräusch, das sie jetzt kennt. Wie Puderzucker staubt es da unten auseinander.

Drei Bücher am Tag, manchmal, wenn sie nicht so dick waren. Er hat nicht verraten, wie er das machte. Sie ist sich sicher, daß er gelesen hat.

Als ihre Hand wieder in den Kasten vor sich greift, zupft es am Ärmel. »Es ist genug.« Sie läßt sich von dem sanften Druck zur Seite schieben. Hinter ihr schluchzt es, und eine Handvoll Sand klatscht auf das Holz. Das wiederholt sich in kurzen Abständen. Sie schaut über die Reihen der Steine mit den goldenen Inschriften, weiter hinten stehen Kreuze, manche aus Holz, manche schief, manche nicht mehr zu entziffern.

»Ich achte deine Trauer«, raunt es hinter ihr. »Aber du kannst ihn nicht zuschütten, auch mit hundert Händen voll nicht.«

»Ich will ihn nicht zuschütten«. Langsam schüttelt sie den Kopf. Dann setzt der Zug sich in Bewegung, vorn an der Straße hektischer Verkehr, hinten die knirschenden Geräusche zweier Schaufeln und das Prasseln kleiner Steine.

Die letzten fünf Jahre hatte er gelesen, die sechzig davor rührte er kein Buch an. Die Wege zwischen Hof und Feld und Hof waren zu kurz, die Abende zerschlagen, die Finger zu gekrümmt für das zarte dünne Papier. Der Same mußte in den Boden, die Frucht aus dem Boden, Frühjahr und Herbst, genug zu tun. Die Kinder gingen, studierten, die Enkel kamen in den Ferien, der Opa kam in die Stadt, solange bis er blieb, weil für ihn die Frucht nicht mehr aus dem Boden mußte und der Same nicht mehr hinein. Vom ersten Tag an saß er in der Küche und las, alles was im Haus war. Dann ging sein Sohn mit der Aktentasche in die Bibliothek und schleppte Woche für Woche Bücher. Die Frau dort schüttelte den Kopf und hielt ihn für einen guten Kunden. Die Enkelin kam manchmal mit ihren Hausaufgaben zu ihm.

An der Mauer parken die Wagen der Familie, der Zug löst sich auf, verteilt sich, Türen klappen, Motoren springen an, Blinker leuchten in regelmäßigen Abständen in den Vormittag. Nach und nach reihen sich die Autos in den Verkehr der Ausfallstraße, werden getrennt, verlieren sich in der Kolonne, tauchen ein. Sie sitzt auf dem Rücksitz, vor ihr der hagere lange Rücken des Vaters, daneben der weiche der Mutter, klein und etwas gekrümmt.

Verloren sind alle Bewegungen, seine Hände auf dem Schaltknüppel, das nach den Kurven durch die Finger gleitende Lenkrad, die Stöße von Schlaglöchern, das Ticken des Blinkers im Rhythmus des kleinen Lämpchens auf dem Armaturenbrett, die durch das glatte, nach hinten gekämmte Haar fahrende Hand der Mutter. Verloren und umsonst, dem Weg von A nach B geschuldet, nicht wiederzuholen, nicht mal zu merken, auch der Weg heute ändert nichts daran.

Besonders ist nur die Stille, die irgend etwas friedliches und irgend etwas von *egal* an sich hat und damit wohl etwas weiter als sonst ist, weiter als nach stundenlanger Autobahnfahrt, wenn schon lange alle Worte gesagt sind, die man so sagt.

Sie sitzt auf dem Rücksitz, die Schwestern sind älter und haben ihre eigenen Wagen und Männer und Kinder. Ihnen wird die Stille wohl nicht auffallen und dem Vater vor ihr auch nicht, der hat zu tun, und die Mutter war schon immer eine gute Beifahrerin, und wenn sie die Treppen zu ihrer Wohnung hinaufsteigen, werden die ersten Worte fallen, und sie wird ihre Erinnerung verteidigen müssen und schweigen. Aber es wird ihr niemand übel nehmen, wenn sie in der Küche sitzt und mit den Füßen an der Tasche reibt, die noch voller Bücher ist. ›Drei an einem Tag, das werd' ich niemals schaffen‹, denkt sie, als der Wagen vor dem Haus anhält.

Monolog

Es nervt mich, wenn in der Küche der Wasserhahn tropft. Aber ich mag nicht so viel von Weltuntergang reden.

Haben sie schon einmal darüber nachgedacht, wie es ist, wenn ein Kind unter einem LKW-Reifen zermahlen wird? Man geht davon aus, daß dem Fahrer die Haare zu Berge stehen. Aber er merkt es nicht mal. Ehrlich. Zwanzig, dreißig, vierzig Tonnen, da merkt man so ein paar dünne Knochen nicht, umhüllt von dünnem Stoff.

Aber ich will sie nicht langweilen, Reality-TV ist realistischer als jede Beschreibung. Nachträglich läßt sich Zeitlupe einbauen. Jeder einzelne spritzende Tropfen läßt sich bis auf Fußballgröße heranholen. Große rote Fußbälle. Fliegende Flüssigkeit wird immer zur Kugel, ein physikalisches Gesetz, ein Ideal.

Natürlich ist es idealer, wenn das Kind nicht unter dem LKW-Reifen zermahlen wird. Es ist auch idealer, wenn der Wasserhahn nicht tropft. Aber wir wissen ja, wie das mit Idealen so ist.

Bei Reality-TV kann man nachträglich noch den Ton einbauen. Es muß der richtige Ton sein, so etwa, wie wenn jemand krachend in einen Apfel beißt, um uns seine gesunden

Zähne vorzuführen. Bei diesem Krachen werden die Höhen und die Tiefen weggeschnitten, dafür kommt ein Hall dazu. Der macht das ganze animalisch. Animalisch ist ein Synonym für gesund. Kann ja sein, daß dies der eine oder andere allzu wörtlich nimmt. Damit muß man dann leben. Es ist traurig für den Kraftfahrer, daß er das Kind beim Zermahlen nicht sehen kann. Und eine Videokamera hat er auch nicht dabei. Wenn ich sie langweile, müssen sie es sagen.

Andererseits ist ja bekannt, was man mit Wiederholungen alles machen kann. Eine Wiederholung schraubt sich sozusagen ins Gehirn. Sie und ich, wir haben keine Chance, wenn nur oft genug wiederholt wird.

Also, der Wasserhahn tropft. Und haben sie schon einmal darüber nachgedacht wie es ist, wenn vierzig Tonnen über ein paar dünne Knochen walzen?

Aber ich mag nicht so viel von Weltuntergang reden.

Krieg

Fünf Buchstaben. Und du kannst sie alle schon lesen. Vielleicht sprichst du, wenn du liest, das G am Ende hart aus, *Kriek,* vielleicht wird das lange I in der Mitte kurz, *Krik,* vielleicht das K am Anfang weich, *Grik.* Ist schon ein schwieriges Wort. Hast du noch nicht gelernt nach einem halben Jahr erste Klasse, kommt noch nicht vor, das Wort. Aber du wirst sie jetzt lernen, die fünf Buchstaben, wie Arsch. Das ist lustig.

Ich werde dir sagen, daß das kein Fernsehprogramm ist, und daß die Männlein auch nicht zu Staub zerfallen, begleitet von einem Jingle, ein paar Tönen, die sich ins Ohr schrauben. Ich werde dir das sagen und dabei wissen, daß du mir nicht so richtig glaubst. Die Bilder sind langweilig gegen die von Filmen, und es ist auch langweilig, wenn die Männlein für ein neues Spiel nicht mehr da sein sollen. Ich werde sprachlos sein und du wirst es merken und fragen, ob ich dir nicht lieber ein Märchen mit Rittern und einer Prinzessin erzählen will. Und ich werde dir das Märchen erzählen, natürlich, was soll ich sonst tun.

Aber du wirst merken, daß ich unkonzentriert bin. Was ist, Papa, wirst du fragen, und wenn ich dir dann sage, daß ich vor den fünf Buchstaben Angst habe, wirst du ungläubig den Kopf schütteln. Aber Papa, vor fünf Buchstaben brauchst du doch keine Angst zu haben. Doch doch, werde ich sagen und dann: Ist schon gut, schlaf jetzt. Es ist endlich Frühling und die Sonne scheint und an den Bäumen sind hellgrüne Blätter und morgen kannst du spielen, auf der Wiese hinterm Haus.

Wasserperlen

Wasserperlen schwimmen auf dem dunklen Braun der Bank, zwischen Blättern, gelben und roten. Der Herbstwind hat eine Ecke getrocknet, dort ist das Braun heller und stumpf, da sitz ich. Der Tag trödelt auf die Hälfte zu.

Zwischen Bäumen und Sträuchern sind Raben und machen Krach.

Eine Frau auf einem grünen Kinderroller, auf ihrem Rücken ein Kind, rollert an mir vorbei, hält an, eine Bank weiter. Sie lehnt den Roller an die Latten und wickelt das Kind aus dem Tuch. Dann tappelt das Kind auf die Wiese und jagt Raben. Alle fliegen weg, einer nicht.

Das Kind tappelt, der Rabe guckt, dann fliegt er auf und setzt sich wieder, das Kind tappelt, der Rabe guckt, das Kind fällt hin, die Frau ruft, das Kind guckt, der Rabe guckt, fliegt auf und landet, einen Meter vor ihm, he, was ist los, hast du keine Lust mehr? Das Kind hat Lust.

Dann kommt eine Oma den Kiesweg hinunter, Lockenwicklerlocken, Stock, bleibt stehen, sieht nachdenklich auf Frau und Roller und ich hör': »Mein ganzes Leben bin ich noch nicht Roller gefahren, damals gab's keine, für uns, ich hab das nie gelernt.« Sie wird doch nicht, denk ich, aber sie wird. Die Oma fährt Roller im Park, über die Wiese jagt das Kind einen Raben, der nicht wegfliegt, mir brennt meine vergessene Zigarette in die Finger, die Frau nebenan ißt gemütlich ein Käsebrot.

Die Nennung des Gespenstes

Sommer, Hochsommer. Hof, Innenhof, Neubaugebiet. Zwei Spielplätze, Wiese, Bäume, Obstbäume, Apfelbäume, Pflaumenbäume, Birnbäume. Kinder. Ein wenig Wundern beim Kommen, Spielplatz ohne Scherben, Sand geharkt, kein Papier, auf der Wiese Pflaumen und schon Äpfel. Gang über die Wiese, Gartengang. Blicke zwischen Blätter, Pflaumen, Äpfel, schon rot gebrandete Kugeln, ernten, kosten, klettern. Rot leuchtet und hängt außen, da tragen die Äste nicht das Gewicht eines Erwachsenen. Kind mit großen Augen – Papa kosten! Langer Arm nach oben, langer Arm reicht nicht. Verlängerung. Busch mit Tischbein, Tischbein als Verlängerung. Apfel fällt. Kind schmatzt. Papa nimmt Verlängerung, Apfel fällt, rotgebrandete Kugel. Dann Stimme von Neubaublocktür. Überraschung. Stimme weiblich und etwas schrill: Grade sauber gemacht! Äpfel mit Blättern gefallen, Blätter auf Wiese. Stimme schrillt: Blätter wegräumen. Papa verdutzt, räumt Blätter in Busch. Stimme schrillt weiter: Tischbein! Verlängerung! Müll! Grade sauber gemacht!

Tischbein aus Busch. Stimme schrillt lauter: Grade sauber gemacht! Bezahlt! Grund und Boden! AWG! Papa schüttelt den Kopf. Verlängerung, Apfel fällt, Kind schmatzt. Stimme keift, Wortesprudel! Papa geht zu Frau. Frau steht in Neubaublocktür, Hände an Hüften. Empörung. Papa:»Würden Sie mir das auch sagen, wenn ich kurze Haare hätte und Schnürstiefel an den Füßen?« Frau schließt wortlos Tür.

Fünf Stunden später. Kind schläft. Von draußen dringt Gebrüll ins Zimmer, Flaschen splittern. Papa denkt, daß Frau jetzt schläft und daß er bald mit Kind hier wegziehen wird.

Der Trommler

Der Mann ist groß, klar ist er das, der Länge nach und läuft mit der Trommel um den Christbaum, und ein paar Meter weiter steht wieder dieser alte Akkordeonspieler vom Sommer. Es scheint, als trommle der Mann ein paar Takte im Takt, aus Versehen wohl, denn er läßt es gleich wieder und wechselt den Schritt.

Die Kinder und Mütter um den Baum wissen nicht so recht, was sie davon halten sollen. Unsichere Hände zucken manchmal zur Geldbörse. Aber da ist kein Hut, zu dem man die Kleinen schicken könnte. Und außerdem trommelt der Mann immer nur und hat auch gar keine bunte Mütze auf, und kalt ist es auch auf dem Platz.

Die Buden sind noch geschlossen, Glühwein gibt es erst nächste Woche, Glühwein und kandierte Äpfel und der Mann trommelt immer nur, nichts weiter. So gehen sie denn nach ein paar Minuten, und neue kommen und warten und gehen dann auch und der Mann läuft und trommelt und der Akkordeonspieler hat ein verkniffenes Gesicht, in seiner Büchse klimpert es nicht.

Der Mann mit der Kindertrommel, wie er marschiert, fast immer hat er die Augen geschlossen, als wüßte er den Weg sowieso, mit seinen Stiefeln und dem langen Mantel und der Fellmütze, gar nicht schlecht sieht er aus, der Mann. Aber die Kindertrommel ist so klein und klingt so dünn. Weit hört man das Trommeln nicht, nein. Nur die Kinder hören es und ziehen die Mütter über den Platz und werden von den Müttern nach ein paar Minuten wieder zurückgezogen.

Der Akkordeonspieler hat jetzt aufgehört und packt umständlich sein Instrument in einen grauen Koffer. Dann hält er wortlos die Faust in Richtung Tannenbaum und zieht schlurfend davon. Es dämmert langsam, und obwohl der Baum voller Lampen hängt, werden sie heute noch nicht leuchten. Die Kinder mit Müttern dran sind inzwischen weniger geworden und der Mann geht langsamer zu seinen Schlägen. Dadurch kommt er aus dem Takt und bleibt stehen. Verblüfft schaut er sich um. Dann zuckt er die Schultern und geht weiter, die Schläge klingen wieder kräftiger.

›Hörst du denn nicht den Trommler, der beharrlich in dir schlägt, hör auf ihn, er sagt dir was, wenn er sich nicht mehr regt, ist das ein Zeichen dafür, daß sich gar nichts mehr bewegt.‹

Wie nebenbei hat sich die Melodie in mein Gehirn geschraubt. Verblüfft stelle ich fest, daß sie genau im Takt liegt. Ich stehe schon seit einer Stunde und habe kalte Füße und die zehnte Zigarette zwischen den Lippen. Irgendwas muß hier passieren, darauf warte ich und wage nicht, für eine Viertelstunde in das Café ganz in der Nähe zu gehen, ein paar Minuten nur und ein Grog, obwohl die Lichter so freundlich locken. Ich hab die Ahnung, wenn ich geh und dann wiederkomm, ist er weg. Nur, daß die Füße so eklig kalt sind und in den Zehen von Zeit zu Zeit ein stechender Schmerz auftaucht, macht mich ungeduldig. Und die blöden

Cafélichter scheinen unentwegt gelb bis hierher. Die zehnte Zigarette geht zu Ende. Ich lasse sie auf den Haufen zu meinen Füßen fallen. Der Mann marschiert und trommelt. Der hat's gut, der friert nicht, der bewegt sich ja.

Je weniger Licht der Himmel abwirft, um so gelber leuchtet das Café. Und Kinder mit Müttern sind auch keine mehr da. Nur ein paar Minuten, nur einen Grog, ich gehe mit schneller werdenden Schritten. An der Tür empfängt mich Lärm, Rauch, Stimmengewirr und Musik. Die Kellnerin ist aufmerksam und kommt sofort an meinen Stehtisch. Meine rote Nase muß ihr leid tun. Nach ein paar Minuten hab ich einen Grog, Gott sei Dank. Draußen ist Dunkelheit. Nur die Silhouette des riesigen Weihnachtsbaumes auf dem Marktplatz unterbricht gegen den Himmel die geraden und streng winkligen Linien der Dächer. Der Grog ist gut, in den Füßen kribbelt es. Wenn's kribbelt heilt's, hoffentlich hatte die Mutter da recht. Ich zahle und gehe mit langen Schritten zu dem Baum zurück. Der Mann läuft drumrum und trommelt. Ich atme auf.

›Hörst du denn nicht den Trommler?‹ Ja, ich höre ja. Ich höre und stell mich an meinen alten Platz und zünde die nächste Zigarette an. Und wenn er nicht aufhört, stehe ich morgen früh noch da, morgen früh und immer.

Da wächst was

Küche, Fensterbrett, Vormittag mit Sonne, Frühling. Vor dem Fenster macht sich grün, was bisher kahl gen Himmel krakelte. Zweige zeigten nach oben, jetzt haben sie sich behängt und zeigen anders. Das ist schön so und alles sagt danke, ist auferstanden für eine neue Runde. Auferstanden, das macht einen nachdenklichen Blick durch das Glas, Vogel von Zweig zu Zweig, Blätter und Himmel, klar und hoch. Und natürlich Wolken wie Zuckerwatteberge.

Wenn Zeit nur eine Sorte von Raum ist, dann ist der Raum jetzt getauscht. Der Raum verändert sich, holt sich zurück, kehrt zurück. Der Blick durch das Glas kehrt auf das Fensterbrett, eine Reihe Töpfe, profan. Töpfe mit Erde und immergrünen Pflanzen, beheizt durch die Heizung, gegossen mit Wasser aus der Leitung, immergrüne Pflanzen in festgelegtem Raum, Raum hinter Glas. Eine Form von Zeit. Das ist festgelegt, in einer Küche jedenfalls, wie man einen Raum festlegt für ein Land, legt man eine Zeit fest für eine Küche, oder ein Land. Küche-Heizzeit, Land-Frühlingszeit, oder so ähnlich. Es geht auch Küche-Fensterbrett, Land-Grenze. Und Fensterbrett kann man als Grenze sehen, wie Grenze als Fensterbrett. Also wächst was, in der Grenzregion, wenn in einem Topf plötzlich winzige grüne Blätter auftauchen, die sich scheinbar nicht um den festgelegten Raum hinter Glas scheren, eigentlich eine Unerhörtheit, weil unabhängig von Heizung und Wasser aus Wand.

Nun, es gibt zweierlei: Gießen oder nicht gießen, eigentlich. Es gibt natürlich auch: Herausreißen. Aber sollen diese winzigen grünen Blätter doch mal zeigen, was sie drauf haben, wenn sie sich in Richtung Draußen recken, schielen auf die belaubten Zweige der Bäume, sollen sie doch, denn Herausreißen für das Land hieße Krieg, Krieg dem, der den festgelegten Raum mit seiner festgelegten Zeit mißachtet. Also den Pflanzen in der Grenzregion eine Chance, wer weiß, was das für Pflanzen sind, auf dem Fensterbrett in der Küche, und was das für Himmel ist, mit Zuckerwattewolken, und was das für Zeit ist, im Frühling, in der alles aufersteht und der Raum sich wiederkehrt, ganz ohne jemanden zu fragen.

ALPHABETISCHES TITELVERZEICHNIS

Alles in Ordnung 139
Am Rand einer Demonstration 92
Amtsgericht 114
An eine flüchtige Bekannte 70
April 99 74
Auf der See 49
Aufstehumarmung 137
Begegnung 131
Besuch in B 87
Birke 141
Brief von Ost- nach Westleipzig im Juni 99 33
Chanson du Montmartre 55
Claudia 10
Da wächst was 166
Danach 135
Das Büro 104
Das Café ist voll Abendstunden 97
Das Kasperletheater 147
Das UFO landet 155
Der Abend 111
Der an der Ecke 76
Der Clown 80
Der fetten Frau 91
Der Fund 13
Der Journalist 39
Der kleine Mann 71
Der letzte Abend 151
Der Müllmann 136
Der Musiker 22

Der Teich hinter den Garagen	105
Der Trommler	164
Der Wasserfall	42
Die Brille	92
Die Enkelin	158
Die Kneipe	62
Die Mine	133
Die Nennung des Gespenstes	163
Die Sonne	101
Die Sonne brennt	20
Die Wiese ist grün, latsch, latsch...	120
Du Hund	15
Ein Gespräch	98
Einkauf	51
Einleitung	26
Er Sie Es	125
Erlkönig	60
Feuer	110
Frage	129
Frau im Mantel	54
Gerlachsruh	93
Geschäftliche Begegnung in L	123
Gesundes Neues	82
Glöckchen	8
Gut getroffen G.	75
Ist	88
Karin	89
Krieg	161
Krise	115
Kurzer Abgesang auf das junge Fräulein S.	145
Lesungen	87
Licht	140

Mein Freund Harry	18
Mein Nachbar	99
Modern	122
Monolog	160
Morgen (Die Annonce war nur klein...)	28
Morgen (Halb sechs, gestern...)	65
Nach Hause	150
Nacht	101
Nausea	52
Neulich	24
Neunzehnhundertachtundachtzig	7
Nichts, also alles, im März 99	73
Niemandsland	36
Nimm mich mit	143
Nur so etwas wie ein Film im März	19
Osten	109
O-Ton	153
Passant	77
Pflaumenmus	127
Prager Frühling	83
Roman	46
Romantischer Versuch	130
Russisch	112
Schicht	148
Sie	91
Sonntagabend	47
Stuhl im Café Maître	67
Treffen in B	119
Treppe	63
Übrig	96
Und ich höre zu	117
Unvorhersehbare Folgen	96

Viertelstunde	64
Vor der Kaufhalle	31
Vormittag	56
Wahrnehmung	58
Warten	156
Wasserperlen	162
Wein	28
Wenden des Kopfes	121
Wie geht's	23
Zeit	118
Zirkel	153
Zwei Anrufe	40
Zwei Flaschen, vier Räder	78